Claudia Haase

Eine treue Gesellin mir zur Seite

Bibliografische Information der Deutschen Nationalbibliothek:
Die Deutsche Nationalbibliothek verzeichnet diese Publikation in der Deutschen Nationalbibliografie; detaillierte bibliografische Daten sind im Internet über http://dnb.dnb.de abrufbar.

Lektorat und Korrektorat: Senta Herrmann

Cover: Cod Gray #9471, BookCoverZone.com
Design by Diren Yardimli

Herstellung und Verlag:
BoD – Books on Demand, Norderstedt

ISBN: 978-3-7583-2762-9

Inhaltsverzeichnis

Kapitel Eins

Schloss Bergfels im Jahre 1712

Agatha

Meine Augenlider sind schwer und es dauert, bis ich blinzelnd die Umgebung wahrnehme. Die Morgensonne leuchtet durchs Fenster herein und verkündet den Anbruch eines neuen Tages. Wie dankbar ich bin, ihn erleben zu dürfen! Auch wenn ich nicht weiß, ob ich bis zum Abend durchhalten werde. Nur der innige Wunsch, mich von meiner geliebten Ernestine zu verabschieden, hat mir bisher die Kraft gegeben, mich nicht in die Obhut von Charon, dem Fährmann des Todes, zu geben.

Ich bin die aufrechte Haltung leid und versuche mich hinzulegen, doch sofort ist Yolande, meine Kammerzofe, zur Stelle.

»Euer Hoheit, Ihr sollt Euch doch schonen! Wartet, ich komme zur Hilfe.« Yolande wirbelt um das Bett herum und stopft unzählige Kissen in meinen Rücken, sodass ich etwas bequemer sitze.

»Ihr wisst doch, dass im Liegen zu viel Blut in den Kopf strömt. Das ist ungesund und vermag sogar zum Tode zu führen«, sagt sie vorwurfsvoll.

Mein Blick ist getrübt und ich erahne die Gegenstände in meinem Zimmer eher, als dass ich sie noch erkenne. Eine Tatsache, die wohl nicht allein an dem spärlichen Tageslicht in meiner Kammer liegt. Yolandes rot glühende Wangen tauchen vor mir auf. Ihre Augenbrauen hat sie hochgezogen und die Sorge um mich steht ihr ins Gesicht geschrieben. Ich fröstle, obwohl es im Kamin wohlig knistert und knackt. Trotzdem hat es mich für eine Weile gedünkt, ich sei auf Burg Sturmstein bei Ernestine, wo es ständig durch alle Ritzen und Mauern zieht.

Aber nein, ich befinde mich in meinem Schlafgemach in Schloss Bergfels. Hier habe ich vor nicht ganz zweiundsechzig Jahren das Licht der Welt erblickt und werde ebendiese offenbar bald wieder verlassen.

Erinnerungen kriechen in mir hoch. Wie Ernestine mir nach dem Tanzen Luft zufächelt und mich mit all ihrer Liebe überschüttet. Ernestine, die schelmisch grinsend mir verrät, in einer Fuge der Burgmauern einen Liebesbrief an mich versteckt zu haben. Ferner gemeinsame Spaziergänge, Ausritte sowie intensive

Gespräche über Musik, Literatur, unsere Pferde ... aber auch Gedanken an die traurigste Zeit in meinem Leben, als die junge Freundin mit ihrem Schicksal gehadert hat und ...

Ach, könnte ich die Zeit zurückdrehen! Wie gerne würde ich ein letztes Mal mit *Stinchen,* wie ich sie im Geheimen oder nur in trauter Zweisamkeit nenne, im Ballsaal übers Tanzparkett schweben, doch erneut holt mich die bleierne Müdigkeit ein.

Ernestine

Dieses langsame Geruckel ist nicht auszuhalten. Vor mehr als dreißig Jahren hätte ich den Fahrer lautstark rufend anhalten lassen. Ich wäre aus der Kutsche gesprungen und hätte einen Grund gefunden, damit mein Begleiter absitzt und sich ein paar Meter von uns entfernt. Schlimm genug, dass mein Bruder, Graf Cuno, mir einen Aufpasser aufgezwungen hat!

In Windeseile wäre ich mit gerafften Röcken in den Sattel gesprungen und im schnellen Galopp querfeldein in Richtung Schloss Bergfels geprescht.

Geraffte Röcke? Nein, ich hätte mir für die Reise eine praktische Rheingrafenhose von meinem Bruder stibitzt, die wesentlich praktischer zum Reiten ist. So hätte ich die Entfernung zum Schloss im Nu zurückgelegt. Und selbst wenn ich wegen der einsetzenden Dämmerung hätte pausieren müssen, wäre ich bei Bauern ins Heu geschlichen und vor Tagesanbruch weitergezogen.

Doch mein Rücken piesackt mich und die Knie machen mir immerzu Beschwerden. Laut der Königin Blanchefleur, meiner Schwester, komme das daher, dass ich von Kindheit an zu viel durch den Wald gelaufen oder aufs Pferd gesprungen sei. Dazu solle ich mich im Fleischgenuss mäßigen, und überhaupt dürfe ich nicht vergessen, dass ich mein Leben lang gesündigt habe.

Das waren noch Zeiten, als ich sorglos durch die Wälder gestreift bin! Mittlerweile benötige ich nächtens ein richtiges Bett zum Schlafen. Obgleich ich um einiges jünger bin als Agatha, ist es in meinem Alter auch undenkbar, ohne eine helfende Hand aus der Kutsche zu gelangen. Allem voran mit diesem bauschigen Reisekleid, das ich mir jüngst von meiner Schwester habe aufschwatzen lassen. Ideal für Fahrten durch das Land und angeblich in seiner Form und Farbe *le dernier cri,* der letzte Schrei.

O weh, mein Herz ist bekümmert, bin ich doch voller Sorge um meine Prinzessin, meine Angebetete, die mich den Großteil meines Lebens begleitet und mir in meinen schwersten

Stunden zur Seite gestanden hat. Ich hoffe und bete, dass ich die liebwerteste Agatha noch lebend sehen werde.

Ein dummer Streit, eine Meinungsverschiedenheit, hat uns vor ein paar Wochen entzweit und ich bin voller Wut zu meinem Bruder Cuno auf Burg Sturmstein geflüchtet. Hätte ich doch stattdessen den repräsentativen Palais unserer Großeltern – Gott hab sie selig – aufgesucht! Von dort hätte ich Agatha wesentlich schneller erreicht. Eine Cousine zweiten Grades lebt dort inzwischen und sie hätte mich sicher aufgenommen. Wie sehr ich es jetzt bereue, eine so große Entfernung überwinden zu müssen!

Ich zwinge mich, an etwas anderes zu denken, sonst fange ich abermals an zu weinen. Denn keinesfalls will ich Agatha mit roten Augen entgegentreten. Für sie möchte ich so makellos schön sein wie am ersten Tag unserer Begegnung.

Kapitel Zwei

Dreißig Jahre zuvor, im Jahre 1682

Ernestine

»Nun schaut Ihr doch auch einmal, Ernestine!«

Meine Schwester Blanchefleur war in heller Aufregung. Den ganzen Tag lang hielt sie sich bei mir im Gästezimmer im Palais unserer Großeltern auf. Um die Fahrt zum Ball auf Schloss Bergfels möglichst kurz zu halten, verbrachten wir mit Mama und Papa ein paar Tage bei ihnen.

Blanchefleur wandte sich an Elsbeth, unsere mitgereiste Kammerzofe. »Sieht Sie diese Naht hier? Irgendetwas stimmt damit nicht. Überprüfe Sie diese Stelle!« Unleidlich schnalzte sie mit der Zunge. »Und meine Wangen sind puterrot! Auf dem Ball wird kein junger Mann mit mir tanzen wollen«, beklagte sie sich weiter, während sie sich vor dem großen Wandspiegel hin- und herdrehte.

Ununterbrochen zupfte sie an ihrer Abendrobe herum und brachte Elsbeth mit der

Kleiderauswahl schier zur Verzweiflung. Ich wiederum konnte mich nur schwerlich auf den französischen Roman konzentrieren, den ich gerade übersetzte.

»In diesem Spiegel ist wirklich jede Falte zu sehen, ganz unvorteilhaft. Ich weiß nicht, was unsere Frau Großmutter daran so schön findet. Wenn ich mich darin betrachte, kommt jeder kleinste Makel zum Vorschein.«

Einst bei einem Fest des Erzbischofs von Sens geladen, dessen Saal mit mehr als fünfzig Spiegeln ausgekleidet war, schwärmten unsere Großeltern von diesen Spiegeln, deren Rahmen aus Gold, Silber oder Elfenbein bestanden. Sie hatten einige prachtvolle Stücke erworben, von denen eines mein Gästezimmer zierte.

Es wurde gemunkelt, der französische König sei vor Neid erblasst und plane einen ganzen Spiegelsaal für sein Schloss. Selbstredend musste dieser größer und schöner als jener des Erzbischofs ausfallen. Daher war er umso ungehaltener darüber, dass meine Großeltern ihm zuvorgekommen waren und einige der wertvollsten und qualitativ hochwertigsten Kristallspiegel aufgekauft hatten.

»*Chère Maman,* bitte sagt Ernestine, sie solle sich beeilen!«, rief meine Schwester aus voller Kehle. »Sonst verpassen wir wegen ihr noch den ersten Tanz auf dem Ball.«

Mama rauschte heran und ich zog unwillkürlich meine Schultern hoch im Angesicht des folgenden Donnerwetters.

»Ernestine! *Incroyable,* einfach unglaublich! Dieses Kind sitzt seelenruhig herum und tut so, als sei sie eine Gelehrte! Das schickt sich nicht für ein Mädchen deines Alters.«

Ein Schatten legte sich über das Papier. Mama war hinter mich getreten und als sie meine soeben verfassten Zeilen sah, stieß sie einen kurzen Schrei aus.

»Nicht nur, dass du dem Lesefieber verfallen bist, du greifst auch noch selbst zur Feder! Ich bin fassungslos. Ich werde den Grafen, deinen Vater, bitten, unseren Leibarzt zu konsultieren. Es muss schließlich eine Medizin geben, die dich auf den rechten Weg lenkt und dir ein deiner Herkunft angemessenes Benehmen beibringt.« Sie stellte sich vor mich und schirmte mit ihrer Gestalt das Tageslicht ab. »Und schau mich gefälligst an, wenn ich mit dir rede!« Unwillig sah ich zu ihr auf.

»Anstatt vor diesen Blättern zu sitzen und die Augen zu überanstrengen, überlege dir lieber, wie du dich kleidest! Alle adeligen Familien aus dem Umkreis werden zugegen sein und ich möchte, dass du unter den heiratsfähigen jungen Mädchen hervorstichst. Auch wenn du dem durchlauchtigsten Kronprinzen

Baldrich versprochen bist, soll er doch sehen, wie sehr dich all die anderen hübschen Jünglinge begehren.«

»Aber, Mutter, ich bin schon längst kein kleines Mädchen mehr.« Dass sie diesen vermaledeiten Kronprinzen ansprechen musste, machte mich zusätzlich unleidlich. An ihn wollte ich nicht denken.

»Umso unverständlicher ist es mir, dass die Vermählung nicht längst vollzogen wurde. Du bist alt genug mit deinen siebzehn Lenzen.«

Als wäre dieses Gespräch nicht ausreichend unangenehm, schaltete sich nun meine Schwester ein. »Was meint Ihr, Ernestine, ob ich Euch als Ehrenjungfer auf dem Festzug bis zum Schloss begleiten darf?«

»Das wäre durchaus angemessen«, antworte Mama und gesellte sich zu meiner Schwester. »Ich bin der Meinung, euer werter Vater sollte auf eine baldige Hochzeit drängen, sonst überlegt das Königshaus es sich vielleicht anders.«

Ich musste mich arg zurückhalten, um nicht laut auszurufen: »Ja, bitte, dagegen hätte ich nichts einzuwenden!« Stattdessen nutzte ich den Moment, und schickte flugs die gute Elsbeth hinaus, um mir etwas frisches Wasser für die Gesichtsreinigung zu holen.

»Ich kann mich einfach nicht entscheiden«, jammerte Blanchefleur weiter und strich abwechselnd über den Stoff zweier Kleider, die sie auf meinem Bett ausgelegt hatte. Das Rascheln des feinen Seidengewebes machte mich fast wahnsinnig. Wenn sie so weitermachte, beschädigte sie schlimmstenfalls die feinen Stickereien.

»Blanchefleur, nimm du das zarte cremefarbene Ballkleid, das unterstreicht ganz vortrefflich deine Jungfräulichkeit.« Kaum hatte sie geendet, kam Mama zu mir an den Schreibtisch zurück und nahm meinen Kopf in ihre Hände. Sie beäugte mich kritisch und zupfte an den kurzen Haaren herum. »Ernestine, du benötigst Hilfe mit den Haarteilen. Eine zierliche Hochsteckfrisur sollte es werden. Eine Schande, dass du dich den langen Haaren verwehrst! Und der Graf unterstützt dich darin auch noch.«

»Mutter, Ihr wisst genauso gut wie ich, dass die meisten unserer Freundinnen und Bekannten wegen der schweren Perücken so gut wie keine eigenen Haare mehr auf dem Kopf haben. So ist es praktischer.«

Mama schnaufte. »Wenn du denn wenigstens die Haarteile trügest!«

Unsere Kammerzofe hüstelte.

»Madame?« Mit der Waschschüssel in den Händen stand sie in der Tür und schaute mich an. Sie zögerte noch, doch ich winkte sie

entschieden herein. Es wäre zu schade, würde sie das teure Nass verschütten.

»Elsbeth, was um Himmels willen soll das Lavoir? Ich dulde nicht, dass meine Töchter mit Wasser in Berührung kommen, das den Kopf mit Dämpfen füllt. Wenn ich mir vorstelle, irgendwelche Keime könnten beim Waschen in ihre Hautporen dringen und sie krank machen – ih, pfui!«

»Mutter, lasst gut sein. Ich habe Elsbeth darum gebeten und werde nur ein ganz klein wenig mein Gesicht damit benetzen. Durch das Schreiben ist mir heiß geworden. Etwas Abkühlung, bevor ich den Puder auflege, wird mir guttun.«

Ich nickte Elsbeth aufmunternd zu und zeigte zur Kommode, wo sie die Schüssel abstellen sollte. Mama wich vor ihr zurück, als trüge sie eine giftige Substanz vor sich her.

»Selbst Ludwig XIV. wäscht sich täglich nach dem Aufstehen Gesicht, Hände und Mund, was kann dann so falsch daran sein?«, versuchte ich mich zu verteidigen.

»Wir sind hier nicht in Frankreich und auch nicht am Hofe des Sonnenkönigs, junges Fräulein. Gleichwohl du einen Thronfolger heiratest, heißt das nicht, dass du tun und lassen kannst, was du möchtest.« Verächtlich musterte Mama mich von oben bis unten. »Und dass du es ja nicht wagst, nach dem Umziehen im Ballkleid in den Pferdestall zu gehen!«

Woher ahnte sie von meinem Vorhaben, bei den Pferden nach dem Rechten zu sehen? Meine Stute Libelle lahmte seit dem Ritt hierher. Ich hatte ihn mir nicht nehmen lassen, war mir doch das Geruckel in der muffigen und unbequemen Kutsche zuwider. Hannes, der uns begleitende Stallknecht, hatte sofort nach unserer Ankunft eine spezielle Heilsalbe für Libelles Fesseln zusammengemischt, die bisher aber zu allem Unglück wenig Wirkung zeigte.

Ich konnte nicht auf einen Ball gehen und mich vergnügen, ohne mich vordem vergewissert zu haben, dass Libelle gut umsorgt wurde.

»Deinetwegen habe ich schon wieder Kopfschmerzen«, klagte Mama. »Wohin ist bloß die Veilchensalbe verschwunden? Ich muss etwas davon auf meine Schläfen tupfen.«

Und schon rauschte Mama von dannen.

»Er-nes-tine!« Blanchefleur stand unvermittelt neben mir, die Hände in die Hüften gestemmt. »Ihr werdet jetzt Euer Ballkleid anziehen, sofort!« Sie stampfte mit dem Fuß auf. Seufzend legte ich die Feder zur Seite und beschwerte das kostbare Basler Papier, wovon ich einen kleinen Stapel mitgenommen hatte, mit einer bronzenen Pferdefigur. Sie ähnelte meiner Stute Libelle. Unbestritten hatte Großmama mir damit eine Freude bereiten wollen und sie deshalb ins Gästezimmer stellen lassen, wusste sie doch von meiner Liebe zu solchen Miniaturskulpturen!

Ich lief zur Kommode, tauchte die Hände in die Schüssel und benetzte mein Gesicht mit etwas Wasser. Wäre dieser Tag doch schon vorüber!

***

Drei Stunden später stiegen wir ein wenig erschöpft aus der Kutsche. Allzu gern hätte ich auf den Mief in der Karosse verzichtet. Viel lieber wäre ich wie meine Brüder, Graf Cuno und Graf Humbert, geritten und hätte die frische Luft genossen.

Der Anblick von Schloss Bergfels verschlug mir den Atem. Überwiegend aus Buntsandstein erbaut, lag es mitten in einem herrschaftlichen Garten, dessen Größe nur zu erahnen war.

»Das war ein unglaublicher Ritt bei bestem Wetter, und seht nur, welch majestätisches Spektakel sich uns bietet!«, rief Cuno mir entgegen, der sich mit Humbert im Schlepptau zu uns gesellte. »Schaut, liebe Schwester Ernestine, dort ist der Marmorhof, über welchen in der *Freytags-Zeitung* berichtet wurde.«

Ich musste zugeben, das gesamte Areal bot ein prächtiges Panorama: die anreisenden Gäste, die alle in kostbare Roben gekleidet waren; die vielen edlen Pferde vor noblen Kutschen, die zu einem Seitengebäude fuhren und vor dem Marstall Schlange standen ... Dabei hatte ich mir fest vorgenommen, die Veranstaltung gleichgültig und teilnahmslos an mir vorüberziehen zu lassen. Keinen Gedanken plante ich daran zu verschwenden, dass dieses Schmuckbauwerk in naher Zukunft mein Zuhause sein sollte. Mir war des Öfteren zu Ohren gekommen, dass Kronprinz Baldrich selbst eine Heirat refüsierte und sich ihr zu widersetzen gedachte. Zudem konnte ich nicht glauben, dass ein Prinz mich, eine Gräfin, zur Ehefrau nehmen sollte. Ich fragte mich, wieso der König dem Vorschlag meines Papas einst zugestimmt hatte, bedeutete es doch einen erheblichen Prestigeverlust, wenn sein Sohn mich ehelichte. Es gab genügend Prinzessinnen, die sicherlich allzu gerne an meine Stelle treten würden.

Zwei, drei Tänze würde ich mir anstandsweise genehmigen – wenn es sein musste auch mit dem Kronprinzen. Papa hatte berichtet, das Königshaus habe erstklassige Musikanten extra aus London engagiert. Mit dem Verklingen der letzten Töne würde ich unauffällig in eine Ecke tänzeln. Danach plante ich mich in einen der vielen Räume zurückzuziehen. Angeblich waren es achtzig an der Zahl neben den beiden großen Sälen. Zahlreiche Male hatte Cuno mir vom Kartenspiel mit den Freunden vorgeschwärmt. Ich wollte die Gelegenheit nicht verpassen, ihnen über die Schulter zu spähen und mir ein paar Tricks abzuschauen. Womöglich konnte ich sie bei den Knechten im Pferdestall anwenden, wo ich viele Abende heimlich verbrachte.

Irgendwann mussten meine Eltern und Blanchefleur genug von der Tanzerei und dem Geschwätz haben und den Rückweg antreten wollen. Und dann hieß es: Adieu, Schloss, hoffentlich auf Nimmerwiedersehen!

***

Agatha

Das Tageslicht wurde von den an den Innenwänden des großen Ballsaals angebrachten Spiegeln reflektiert und erhellte den Raum bis in die äußersten Ecken. Ich konnte mich an den kostbaren bunten, samtigen Roben der geladenen Damen nicht sattsehen und unterdrückte mit Wehmut den aufkeimenden Wunsch, aufzuspringen und eine von ihnen ganz unschicklich zum Tanz aufzufordern.

Viele der jungen Frauen sah ich heute zum ersten Male.

Die meiste Zeit unserer Kindheit und Jugend hatten meine Schwestern Benedicta, Marie Sophie und ich in den Stadtpalästen verbracht. Doch unser Herr Vater, der König, befand, dass wir unserem Bruder, Kronprinz Baldrich, auf Schloss Bergfels Gesellschaft leisten sollten. Nach jahrzehntelanger Bauzeit war es seit Kurzem endlich bewohnbar. In absehbarer Zeit sollte Baldrichs Vermählung mit seiner Verlobten offiziell verkündet werden. Und innerhalb des nächsten Jahres sollten die Hochzeitsfeierlichkeiten anstehen. Marie Sophie, Benedicta und ich waren angewiesen, uns *peu à peu* mit der jungen Gräfin Ernestine anzufreunden, der laut Hörensagen mehrsprachigen, stürmischen Amazone, die meinem Bruderherz seit ihrer Kindheit versprochen war.

Meine Schwestern und ich sollten sie mit dem Leben an unserem königlichen Hof vertraut machen. Ein schier unmögliches Unterfangen, wenn ich die Standesunterschiede betrachtete.

Ich konnte mir nicht erklären, was meinen Vater geritten hatte, meinen Bruder mit einer einfachen Gräfin zu vermählen. Hier, auf Schloss Bergfels, sollte das frisch vermählte Paar heimisch werden und für möglichst viele

Nachkommen sorgen, um die Thronfolge zu sichern.

Die Begrüßung des Grafen und seiner Familie fiel sehr steif aus. Es gab kein herzliches Willkommen seitens meiner Eltern, wie es sich in meinen Augen gegenüber der Familie der zukünftigen Schwiegertochter schickte. Etliche andere Adelsfamilien sowie Gesandte aus fernen Ländern standen drängelnd hinter dem Grafen und seinem Anhang und warteten ebenfalls darauf, endlich von uns empfangen zu werden.

So verlor ich Ernestine sowie ihre Schwester Blanchefleur aus den Augen, bevor ich sie mir überhaupt richtig hatte anschauen oder ein paar Worte mit ihnen plaudern können.

Nach dem Begrüßungszeremoniell eröffneten unsere werten Eltern den Tanz. Bald darauf bat mein Bruder mit eingeübten, verschnörkelten Worten eine wahre Schönheit im cremefarbenen Gewand darum, mit ihm über das Parkett zu schweben. Er schien ganz und gar mit ihr eins zu sein. Ich verengte die Augen und bereute, meine Fadenbrille nicht dabei zu haben. Die junge Frau war mir doch vorgestellt worden? Richtig, es handelte sich um die Gräfin Blanchefleur, die Schwester der Heiratskandidatin. Aber sollte Baldrich nicht seine zukünftige Angetraute zum Tanz auffordern?

Sicher würde Mama bald eingreifen. Allzu leicht könnte es als Affront gegenüber Gräfin Ernestine gedeutet werden, tänzelte er weiter derart eifrig mit ihrer jüngeren Schwester. Seine Körperhaltung sprach mehr als tausend Worte und er strahlte seine Tanzpartnerin mit seinem breitesten Lächeln an.

Gefiel sie ihm ernsthaft? Oder war es nur Taktik, um zu zeigen, wie sehr er gegen die Verheiratung war? Dass er sich nicht drum scherte, mit wem er tanzte? Hatte er nicht vor dem Ball angedeutet, sich so schnell als möglich in das Raucherzimmer zurückzuziehen, um sich mit seinen besten Freunden und den Grafen Cuno und Humbert über das Jagen auszutauschen und Karten zu spielen?

Mir wiederum käme es mehr als entgegen, stünde er heute im Mittelpunkt und zöge die Missgunst unserer Mutter auf sich. Dann wären alle Augen auf ihn gerichtet und Mama abgelenkt. Sie könnte mir keine beharrlichen Blicke zuwerfen und mir gestenreich deuten, dass ich mich dem Prinzen Rorich präsentieren, vor ihm flanieren solle, für welchen ich ihrer Meinung nach eine ausgezeichnete Partie abgäbe. Denn sobald Baldrich sein Eheversprechen gegeben hatte, wollte sie auch mich endlich vermählen – ob meines nicht mehr ganz so jungen Alters wäre es höchste Zeit –, und zwar mit

Prinz Rorich, der alle Arten von Schmuck und Spezereien mochte, also alles, was die Damen liebten. Jenem Prinzen, der augenscheinlich die Gesellschaft meines Bruders, Prinz Cunos oder die anderer junger Männer vorzog.

Ich konnte mir nicht vorstellen, mit ihm in seinem Kastell zu leben und ihm Kinder zu schenken. Schon gar nicht mit meinem Frauenleiden, das mich sehr inkommodierte und mir zusetzte, für welches unser Leibarzt aber bisher kein Heilmittel gefunden hatte. Ab davon war ich mir selbst genug und konnte auch auf die ewig um mich herumwuselnden Gesellschafterinnen verzichten, die keine meiner Freizeitbeschäftigungen teilten.

Dankbar nahm ich eine Tasse Tee entgegen, welche mir eine Hofdame reichte, und genoss von meinem gepolsterten Sessel aus das wilde Treiben.

»Agatha, kommt schnell, gesellt Euch zu uns!«, rief meine Schwester Marie Sophie, während sie in raschen Schritten auf mich zulief. Ihre Wangen glühten und sie wedelte sich hektisch mit einem Fächer Luft zu. »Sie spielen gleich für uns Schwestern. Ein *Rigaudons à quatre danseurs!*«

Mir lag eine spöttische Bemerkung auf der Zunge, denn wir waren nur zu dritt und der Tanz für vier Tänzerinnen ausgewiesen. Meine

Schwester wies jedoch mit ihrem Samthandschuh in Benedictas Richtung und somit auch auf die junge Frau, die neben ihr stand. Vor einer Stunde war ich ihr zum ersten Mal persönlich begegnet, hatte ihr zum Gruß die Hand gereicht: Gräfin Ernestine!

»Da staunt Ihr, was? Ich habe mich bereits innig mit der Zukünftigen unseres Herrn Bruders vertraut gemacht.«

Ich sah förmlich durch den Fächer hindurch, wie Marie Sophie mir ganz undamenhaft ihre Zunge herausstreckte. Sie verstand es immer, solche albernen Gesten klug vor den Umstehenden zu verstecken, und wirkte auf die Gäste wohlerzogen. Besagte junge Frau schien Marie Sophies Worte gehört zu haben und schaute zu uns herüber. Vorsichtigen Schrittes näherte sie sich, anscheinend war sie es nicht gewohnt, auf dem rutschigen Tanzparkett zu laufen. Sie verbeugte sich tief vor mir, gar so tief, dass ich Angst hatte, sie könnte umfallen.

»Euer Hoheit«, flüsterte die junge Gräfin fast. Marie Sophie zog sie hoch und machte eine aufscheuchende Handbewegung. »Ist gut, ist gut, Ihr seid meiner Schwester doch bereits vorgestellt worden.« Marie Sophie seufzte. »Agatha, steht auf! Ihr braucht doch sonst keine Extraeinladung.«

Das stimmte. Gleich nach dem *Jeu de Paume,* dem Tennisspiel, dem Fechten und Reiten stand das Tanzen obenauf auf der Liste meiner Passionen. Ich bedeutete meiner Hofdame, mir die Teetasse abzunehmen.

Ein Ach! und Oh! erklangen, als ich mich erhob, um mit meinen Schwestern und der bezaubernd aussehenden Ernestine in die Mitte des Tanzsaals zu schreiten. Alle, die bis zu diesem Augenblick getanzt hatten, traten zur Seite und bildeten eine kleine Gasse zur Mitte des Saals. Ich blickte in erwartungsvolle Mienen, der versammelte Adel harrte gespannt unserer Tanzkünste. Sie alle tuschelten, die Damen hinter ihren Fächern und die Herren hinter vorgehaltenen Händen, als ich an ihnen vorbeiging. Einen Moment zögerte ich und flüsterte Marie Sophie zu: »Sollte nicht zunächst der Kronprinz Gräfin Ernestine zum Tanz auffordern?«

»Ihr seht doch, dass unser Bruderherz seine volle Konzentration auf die Gräfin Blanchefleur richtet. Gräfin Ernestine hat mir versichert, dass es ihr nichts ausmacht, wenn er mit ihrer Schwester tanzt.« Die Gräfin nickte emsig, so hatte ich der Etikette anscheinend Genüge getan.

Marie Sophie, Benedicta, Ernestine und ich stellten uns auf und warteten auf die ersten

Takte der Musiker. Endlich fingen sie an zu spielen und fast hätte ich meinen Einsatz verpasst. Gräfin Ernestine war vom ersten Ton an wie verwandelt. Wo sie zunächst in ihrem Ballkleid unglücklich ausgesehen und einen unbeholfenen Eindruck gemacht hatte, so tänzelte sie nun mit einer Leichtigkeit über das Parkett und drehte anmutig ihre Hände. Komischerweise musste ich mich anstrengen, um mir die mir sonst so geläufigen Tanzschritte in Erinnerung zu rufen: *Balancé* nach rechts, *Balancé* nach links, *Pas de Rigaudon,* auf Drei landen, zur Seite drehen, Arme öffnen ... Dass ich als passionierte Tänzerin wahrhaftig aus dem Takte kam!

Als meine Schwester Benedicta und ich uns drehten und mit den Rücken zu Marie Sophie und Gräfin Ernestine tanzten, warf Benedicta mir einen fragenden Blick zu: Meine intensive Musterung der jungen Gräfin war ihr natürlich nicht verborgen geblieben. Doch schon wirbelten wir wieder zurück und mussten aufpassen, dabei taktsynchron zu bleiben und den Zuschauenden nicht auf die Füße zu hüpfen, denn die Menge drängte immer näher. Kaum den Takt und die passende Pose gefunden, sah ich auf und meine Augen trafen auf Ernestines. Sie zwinkerte und ihre Lippen schienen mir dreisterweise die Reihenfolge der Schritte zuzuflüstern. Das war aber nicht mehr nötig. Mehr noch, ich baute sogar zwei besonders schöne, aber auch schwierige Schritte ein, die die Privatlehrer aus der Tanzakademie uns einst mit sehr viel Drill eingebläut hatten und die mir nach meinen anfänglichen Schwierigkeiten eingefallen waren. Ich wagte es, die Röcke dabei ein wenig mehr anzuheben als nötig, sodass die Auswärtsstellung meiner Füße in den edlen Schuhen mit silbernen Schnallen und kleinem roten Absatz besonders zur Geltung kam.

Nachdem wir mindestens eine Stunde getanzt hatten, wiesen meine Hofdame sowie mein Bruder Prinz Baldrich uns vornehm-zurückhaltend per Handzeichen darauf hin, dass die Musiker eine Pause bräuchten. Also gingen meine Schwestern und ich mit der jungen Gräfin in meine Bibliothek. Ich hatte sie nach dem Vorbild des Salons einer Bekannten, der Schriftstellerin Madame de Scudéry, einrichten lassen.

Sofort gerieten Ernestine und ich ins Schwatzen. Ohne große Umschweife duzten wir uns, als hätte das Tanzen ein Band zwischen uns gesponnen. Künstliche Höflichkeitsfloskeln oder eine – gleichwohl standesgemäße – Zurechtweisung meinerseits wären hier für mein Verständnis am falschen Ort.

Benedicta und Marie Sophie verschwanden nach einer Weile in den Garten und ich schritt mit Ernestine allein die Bücherregale ab. Ein Buch über die Haltung von Jagdhunden erweckte ihre Aufmerksamkeit und ich erzählte ihr von Mimi, meinem kleinen possierlichen Hündchen.

»Wo ist es?«

»Meine Mutter wünschte, es heute nicht zu Gesicht zu bekommen. Sie befahl mir, Mimi in meinem Appartement einzusperren, denn sie knurrt jeden Fremden an und kann mitunter ziemlich bissig sein.«

»Es wäre ein Spaß, sie unter uns zu haben!«, rief Ernestine aus. »Ach, kannst du mir Mimi später zeigen?« Ich versprach ihr hoch und heilig, dass ich ihr die Mimi ganz beizeiten vorstellen würde und lud sie ein, sich mit mir auf eine Bank zu setzen. Sofort berichtete sie mir von ihrer Stute Libelle und der Pferdezucht ihrer Familie.

»Du wirst Augen machen, wenn du die Pferde meines Bruders siehst. Wenn du möchtest, weise ich Baldrich darauf hin, dass du dich zur Vermählung über eines der Berberpferde sehr freuen tätest!«

»Ich hätte lieber eine spanische Karster-Stute«, antwortete Ernestine schmallippig.

»Ich bin sicher, das dürfte kein Problem sein«, versicherte ich ihr, obwohl ich nicht verstand, was sie gegen einen schönen Berber einzuwenden hatte.

»Bitte verzeih mir, aber ich möchte gerne wieder hineingehen. Mir ist ein wenig schummrig, da ich seit dem Mittag nichts mehr gegessen habe«, entschuldigte sie sich und erhob sich von der Bank.

»Habe ich etwas Falsches gesagt?« Ich tat es ihr nach und stand ebenfalls auf. »Aber recht hast du! Du solltest mit meinem Bruder reden, nicht mit mir.«

»Nein! An dir liegt es nicht. Darf ich dir vielmehr etwas beichten? Und du erzählst es auch nicht weiter?«

Ich hob meine Hand wie zum Schwur und nickte.

»Ich kann der Heirat nichts abgewinnen. Nur einen Trost habe ich: dass du so eine Nette bist, wir beide uns so gut verstehen und uns dann täglich sehen ...«

Ich beschloss, darauf nichts zu erwidern. Zudem knurrte mein Magen in diesem Moment so laut, dass er sicher bis ins letzte Zimmer des Schlosses zu hören war.

»Lass uns zurückgehen, auch ich könnte eine Kleinigkeit zu essen vertragen.«

Schweigend spazierten wir zurück in den Ballsaal, wo die Lakaien unzählige Kerzen ansteckten. Die Leuchter illuminierten den Saal, der festlicher aussah als je zuvor. Viele Gäste hatten sich in die angrenzenden Säle zurückgezogen, wo Speisen und Getränke gereicht wurden oder Spieltische aufgebaut waren. Nur wenige Tänzerinnen und Tänzer waren auf dem Parkett verblieben. Darunter mein Bruder, der mit der Gräfin Blanchefleur in einer lebhaften Allemande über die Tanzfläche glitt.

Ernestine und ich warfen uns einen vielsagenden Blick zu, bevor wir in einen der anderen Räume gingen und uns an einem der reichlich gedeckten Tische niederließen, um uns zu stärken.

Kapitel Drei

Ernestine

Gedankenverloren saß ich am Schreibtisch und starrte auf die vergoldete Ledertapete, auf der eine leicht bekleidete, Lyra spielende Artemis und ihre Lieblingsgefährtin Kallisto prangten, umgeben von Nymphen und Tieren des Waldes. Artemis hatte eine gewisse Ähnlichkeit mit Agatha. Nur dass ich ihrem Körper mit teurem Stoff verhüllt begegnet war. Agatha, ja, ich nannte sie seit unserer Begegnung auf dem Ball einfach nur Agatha und nicht bei ihrem Titel, denn wir waren im Gespräch so vertraut miteinander gewesen. Im Übrigen hatte sie mich deswegen auch kein einziges Mal zurechtgewiesen.

Ich wagte es nicht, sie mir mit so wenig leichtem Tuch um ihren Leib vorzustellen. Zumindest nicht tagsüber. Solche Phantasien sollte ich der Nacht überlassen. Ich fühlte, wie das Blut in meine Ohren stieg, und konzentrierte mich wieder auf die Tapete. Artemis' Bogen und die Pfeile lehnten an einem Baumstamm. Eine wahre Idylle. Und ich konnte mich wahrhaftig in Kallisto hineinversetzen. *Ach, Ihr Göttinnen, könnt ich doch mit Euch tauschen! So ein unbeschwertes Leben frei von Zwängen.*

Ich verspürte den Drang, Agatha erneut zu schreiben, obwohl ich bereits am frühen Morgen dem Boten einen Brief an sie überreicht hatte.

Bisher war sie auf mein Anliegen, mir und meiner Familie auf Burg Sturmstein einen Höflichkeitsbesuch abzustatten, nur sehr vage eingegangen. Dabei musste ich sie unbedingt wiedersehen!

Ich wollte ihr meine Pferde, Bücher und ein Porträt von mir zeigen und ihr so viel Wichtiges berichten, was sich nicht gut schreiben ließe. Wenn ich die Feder in der Hand hielt, wusste ich zuweilen meine Gedanken und Gefühle nicht zu ordnen und zu Papier zu bringen.

Aber seit heute hatte ich die Gewissheit, dass meine Bitten, die ich ihr in unzähligen Schreiben vorgetragen hatte, endlich erhört worden waren. Ich schaute auf das edle, wertvolle Papier in meiner Hand und strich sanft über ihre Zeilen, konnte mich an ihrer geschwungenen Schrift nicht sattlesen. Ihre Briefe waren stets seitenlang. So schilderte sie mir Anekdoten vom Leben bei Hofe und von den lustigen Streichen, die ihr kleines Hündchen Mimi ihr spielte.

»Gräfin?« Elsbeth stand in der Tür. »Eure Eltern rufen nach Euch und Eurer Schwester.«

***

Blanchefleur und ich standen aufrecht neben dem Kaminsims im Salon und schwiegen uns voller Spannung an. Wir mochten uns nicht setzen und warteten auf unsere Eltern. Endlich wurde die schwere Holztür von einem Bediensteten geöffnet und sie traten ein. Der Haushofmeister, der Concierge, die Hausdame, die Köchin sowie ein paar weitere Dienstboten folgten ihnen. Sie stellten sich in gebührlichem Abstand zu unseren Eltern auf. Unsere Brüder, Cuno und Humbert, waren auch zugegen. Noch in Reitkleidung mussten sie direkt von der Morgenjagd herbeigerufen worden sein, was die Wichtigkeit dieser Zusammenkunft unterstrich. Normalerweise wurden sie über Neuigkeiten direkt von Papa in seinen privaten Räumlichkeiten unterrichtet. Er nickte aufmunternd in die Runde und dann Mama zu.

»Ernestine, Blanchefleur, ihr glaubt nicht, welch hoher Gast sich für einen Besuch angekündigt hat!« Mama klatschte freudig in die

Hände und Papa zwirbelte mit zufriedenem Gesichtsausdruck an seinem Bart. »Liebste Töchter, so setzt euch doch«, forderte er uns höflich auf und wies auf zwei Armlehnstühle, die er erst kürzlich erworben hatte. Wir ließen uns nicht zweimal bitten. Sofort eilten wir zu den neuen Möbeln und nahmen vorsichtig Platz.

Mama und Papa setzten sich ebenfalls, ihnen waren die kostbareren, mit Textil bezogenen Stühle vorbehalten. Ich erinnerte mich an den Ball im Schloss, wo König Kasimir und Königin Coletta auf ebensolchen Stühlen gesessen hatten. Allerdings waren jene noch edler als die unsrigen, waren deren Stoffe doch mit Gold- und Silberfäden durchwirkt. Cuno und Humbert stellten sich neben unsere Eltern und blickten unseren Vater erwartungsvoll an.

»Die durchlauchtigste Prinzessin Agatha wird ihrer zukünftigen Schwägerin und deren Familie einen Höflichkeitsbesuch abstatten«, verriet Mama, bevor Papa überhaupt ein Wort hervorzubringen vermochte. Ein Raunen ging durch die Dienstbotenschaft.

»Der großmächtigste König Kasimir in höchsteigener Person hat uns geschrieben, dass er seine liebe Tochter zu uns schicken wird«, ergänzte Papa, »damit diese sich für ihn einen Eindruck von dem Elternhaus seiner zukünftigen Schwiegertochter machen kann.« Meine Eltern fühlten sich tatsächlich geschmeichelt. Blanchefleur lehnte sich zu mir herüber. »Warum kommt Prinz Baldrich nicht selbst?«, flüsterte sie und ich entnahm ihrer Stimme Enttäuschung. »Ich wünschte, der Kronprinz würde der Prinzessin wenigstens Geleit geben, sodass er sich persönlich umschauen könnte.«

Dabei kam Agatha zweifellos nur meinetwegen hierher. Wenn Blanchefleur wüsste! Im letzten Brief, den ich am Morgen von der Prinzessin erhalten hatte, stand unmissverständlich geschrieben:

Erlauchte Gräfin Ernestine, liebe Freundin, es ist ganz ausdrücklich ein privater Besuch, den ich e. p., das ist en personne, ich persönlich, allein Dir zuliebe abhalten werde.

Ich brauche drei Zimmer für mich, in welche ich mich beizeiten zurückziehen kann, da mir nicht einfällt, worüber ich mit Deinen Eltern zu reden hätte. Auch, so muss ich freiweg zugeben – bitte verzeih mir –, bereitet mir der Standesunterschied Kopfschmerzen. Von Deiner Gesellschaft werde ich wiederum nicht genug kriegen können …

*Zudem brauchen meine beiden Kammer-
zofen sowie die Gesellschaftsdame, die
mich begleiten wird, eine Schlafstatt nah
bei mir. Der Kutscher wird sicher bei Eu-
ren Stallburschen ein Ruhelager finden.*

»Ernestine, du musst mir mit Blanchefleur bei
den Vorbereitungen helfen, allein schaffe ich
die ganze Organisation nicht«, fuhr Mama eifrig fort. »Es wird dir nützlich sein, wenn du
selbst später als Gastgeberin fungierst.«

Somit wandte sie sich an den Concierge. »Ne-
ville? Die Prinzessin Agatha soll in unseren
besten Räumlichkeiten übernachten. Er überprüfe ihren Zustand und lasse sie für unseren
hochwohlgeborenen Gast herrichten.«

»Selbstverständlich, *Madame.*«

»Wir sollten unsere Köchin bitten, eine aus-
gefallene Torte zu backen«, regte ich an und
meine Schwester nickte begierig. »O ja, diesen
Kuchen mit roter Johannisbeer-Konfitüre als
Füllung, mit Gewürzen und Mandeln.«

Fragend blickte Mama zu unserer Köchin.

»Ah, die Linzer Torte, eine gute Idee«,
stimmte diese uns mit einem Lächeln zu.
»Wenn ich vorschlagen darf: Dazu müsst Ihr,
erlauchte Gräfin, unbedingt Kaffee anbieten.«
Sogleich ergänzte die Hausdame: »Ich werde

die schönsten Untertassen dafür auftischen lassen.«

»Aber wir können nicht nur Kuchen servieren.« Mama schaute ratlos in die Runde.

»Ich kenne ein paar vorzügliche Rezepte von einer berühmten Leipziger Köchin, zum Beispiel Huhn mit Pistazien und Spargel, als Vorspeise dann eine *Marcipan*-Suppe«, führte die Köchin aus.

»Mmh, lecker«, riefen Blanchefleur und ich aus einem Munde und unsere Mutter strahlte vor Begeisterung.

Mir kam eine Idee, doch ich zauderte einen Moment. »Nun ... Auf dem Ball wurde der Prinzessin Tee gereicht.«

»Aber, Ernestine, wir wollen doch nicht jede neue Mode mitmachen.« Papa schüttelte den Kopf. »Der Preis für dieses Getränk ist außerdem zu hoch und wir verfügen nicht über die finanziellen Mittel eines Königshauses.« Er verbeugte sich vor Mama. »Ich sehe, Liebste, dass du ab jetzt sehr beschäftigt sein wirst. Ich glaube, du benötigst meine Hilfe in diesen Dingen nicht. Ihr entschuldigt mich, ich habe noch Geschäftliches zu erledigen.« Papa schmunzelte und verschwand mit unseren Brüdern im Schlepptau. Sofort widmete sich unsere Mutter wieder den Vorbereitungen. Selten hatte ich so gut gelaunt mit Mama und

Blanchefleur einen Gästebesuch geplant wie an jenem Nachmittag.

Kapitel Vier

Agatha

Eine gebührende Zeitspanne ließ ich nach dem Ball verstreichen, ehe ich meinen Besuch bei der Grafenfamilie und meiner Freundin Ernestine ankündigte. Ja, ich bezeichnete sie bereits als meine Freundin. Zwar hatten wir uns erst auf dem Ball kennengelernt und seitdem nicht mehr gesehen, doch unzählige Briefe stapelten sich seitdem auf meinem Schreibtisch. Einer war schmeichelnder als der andere und keiner von der fiesen, hinterhältigen Art. Sie alle waren aufrecht und ehrlich, voller Vertrauen in mich, dass ich ihren Inhalt nicht offenlegen würde. Ich beschloss, dass es sich nicht mehr schickte, den Einladungen von Gräfin Ernestine eine Absage zu erteilen. Im Übrigen zog es mich förmlich hin zu der jungen Frau, die so brillant tanzen konnte, munter und aufrichtig in ihren Briefen plapperte, kein Blatt vor den Mund nahm und deren Ansichten über das Leben den meinigen ähnelten. Natürlich nahm

41

ich die Reise auf mich unter dem Vorwand, das Elternhaus der jungen Gräfin kennenlernen und meinem Bruder darüber Bericht erstatten zu wollen. Es hatte keiner hochkarätigen Überredungskünste bedurft, um Vater von der Wichtigkeit des Besuches zu überzeugen. Ich beschloss, lediglich zwei Kammerzofen sowie eine Gesellschaftsdame mit mir auf die Reise zu nehmen. Das hielt die Kosten niedrig und so mussten der Graf und die Gräfin sich nicht die Köpfe zerbrechen, wie sie eine ganze Entourage des Königshauses unterbringen sollten. Außerdem war mir war zu Ohren gekommen, einige der Zimmer auf Burg Sturmstein seien in gar schrecklichem Zustand!

***

Drei Wochen später wandelte ich durch Ernestines Zimmer, um ein von ihr mehrmals angepriesenes Gemälde von allen Seiten anzuschauen.

»Ein wunderschönes Porträt. Wie alt warst du da?« Ernestine war vortrefflich dargestellt worden. Das Bildnis schien fast dreidimensional und vermittelte den Eindruck, die junge Frau, die aufgeweckt aus einem Fenster blickte, könnte jeden Moment aus dem Rahmen treten. Ihr dekolletiertes Kleid war aufwendig mit Brokatstickereien verziert. Es berauschte mich förmlich. Und das betraf nicht nur das Kleid und die Art des Pinselstrichs, nein, meine Faszination galt umso mehr Ernestine, die eine unvergleichliche Ruhe ausstrahlte und trotzdem neugierig wirkte. Meine Freundin hatte in ihren Briefen nicht zu viel versprochen.

»Ich habe es vor einem Jahr zu meinem sechzehnten Geburtstag erhalten.« Stolz lag in ihrer aufgeregten Stimme. »Hübsch, nicht wahr? Papa und ich waren im letzten Jahr zu Besuch bei meiner Tante in Paris. Zur Erinnerung an den Aufenthalt wollte er unbedingt, dass die Tochter einer ehemaligen Meisterschülerin von Lavinia Fontana ein Bild von mir malt.«

Beim Namen Fontana zuckte ich zusammen. Sie war bekannt dafür gewesen, antike Skulpturen als Vorbilder für ihre Arbeit zu benutzen, und in ihrem letzten bekannten Gemälde hatte sie die nackte Minerva beim Ankleiden dargestellt. Sofort hatte ich die Göttin vor Augen, wie sie den Betrachter direkt anblickte. Ob Ernestine ihr in diesem hüllenlosen Kostüm ähnlich war? O weh, ich musste an etwas anderes denken!

»Mutter ist fast in Ohnmacht gefallen, als sie hörte, wie teuer das Kunstwerk war.« Ernestine kicherte. »Als sie dieses Gemälde von mir sah, verlangte sie von unserem Vater, es zu retournieren und das Honorar dafür zurückzufordern. Aber er lehnte es ab, ihm gefällt das Bildnis.«

Zweifellos waren es nicht nur die Kosten des Werkes, schätzte ich, sondern ebenso seine Künstlerin, die der Gräfin-Mutter nicht gefiel. Dennoch sprach ich: »Das glaube ich nicht. Was gibt es denn für einen Grund, das Gemälde nicht behalten zu wollen?« Ihre Tochter mutete so wohlerzogen und hübsch auf dem Bild an, wie es sich jede Mutter nur wünschen konnte.

Ernestine warf mir einen spöttischen Blick zu.

»Als sähest du das nicht selbst! Mama klagt, ich sei darauf nicht blass genug. Aber ich habe viel Zeit draußen verbracht, im Gestüt, und beim Einreiten der Pferde geholfen. Da bleibt es nicht aus, ein wenig Farbe zu bekommen. Ich mag dieses übertriebene Gepudere sowieso nicht.«

Ich schaute in den großen Wandspiegel und schämte mich für meine blasse Haut, die mir mit einem Mal viel zu hell vorkam. *Ich sollte wirklich weniger Gesichtsweiß verwenden. Aber ich liebe das Rosenwasser, das für mich mit dem Bleiweiß verrührt wird. Es duftet so schön! Darauf könnte ich nicht verzichten.*

»Auch meine kurzen Haare gefallen ihr überhaupt nicht«, fuhr Ernestine unbeirrt fort. »Die Malerin hätte mir eine hochgesteckte Haarpracht hinzumalen sollen oder wenigstens eine Frisur mit Locken, die jetzt überall in Mode sind. Du weißt schon, die Haare zu tausend Löckchen geringelt, so wie die Mätresse von Ludwig XIV. auf einem seiner Bälle erschien. Mama behauptet, ich sähe aus wie eine der Frauen, die auf dem Blutgerüst, dem Schafott, enden sollten und denen die Haare kurz geschoren wurden. Furchtbar entstellt und unweiblich käme ich auf dem Bild daher, wäre zudem wesentlich älter dargestellt worden, als ich tatsächlich zu dem Zeitpunkt des Porträtsitzens war.«

Just in diesem Augenblick rutschte mir eine lange Haarsträhne vors Gesicht und ich beeilte mich, sie unauffällig hinters Ohr zu streifen.

»Ich habe nun einmal nicht so schönes und gesundes Haar wie du, bei welchem es sich lohnt, es lang wachsen zu lassen.« Die junge Gräfin musste meine Geste gesehen haben und ihre Bemerkung schmeichelte mir ungemein.

»Ich kann mich mit meinen eigenen Haaren frisieren lassen und greife nur selten auf Perücken oder künstliche Haarteile zurück«, offenbarte ich ihr. »Obschon ich nichts gegen

Perücken einzuwenden habe, wenn sie mit Lavendel parfümiert sind.«

Ernestine rümpfte die Nase und ich wünschte, ich hätte lieber etwas Negatives über Perücken gesagt. Zumal mir diese Kurzhaarfrisur an ihr viel mehr zusagte als die künstlichen Haarteile, die sie auf dem Ball getragen hatte. Sie wirkte ein wenig keck, könnte mit entsprechender Kleidung glatt als Jüngling durchgehen. Wobei ich, ehrlich gestanden, noch nie so einem wunderschönen jungen Mann begegnet war.

»Zudem sei das Bildnis fehlerhaft, da kein Schmuckstück mein Dekolleté oder Haupt krönt«, plauderte sie munter weiter. »Meine Frau Mutter wollte, dass wenigstens der Perlenschmuck, den meine Großtante – Gott hab sie selig – mir vererbt hat, im Nachhinein hinzugemalt wird. Dabei trage ich so gut wie nie Schmuck. Er stört nur, behindert mich bei allem, was ich tue. Zudem finde ich es nicht schön, mich damit vor unserer Dienerschaft zu brüsten.«

»Ich finde, du siehst ganz bezaubernd aus. Die Malerin hat dich perfekt getroffen. Da fehlt nichts.« Zitterte meine Stimme etwa ein wenig? »Und die kurzen Haare scheinen in Frankreich ja in Mode zu kommen. Ich bin überzeugt, es wird nicht lange dauern, dann entledigen sich immer mehr Frauen ihrer schweren langen Haare.«

»Das hat die Malerin auch gesagt. Sie war begeistert und strich mir unentwegt über die kurzen Haare.« Ernestines Wangen glühten. »Ich glaube, sie versuchte, mir Avancen zu machen.«

Diese Bemerkung intimen Inhalts versetzte mir einen kleinen Stich. Eine Malerin, die einer Gräfin Avancen machte? Was bildete sich diese Dame bloß ein? Es geziemte sich nicht für eine Dienstleisterin, sich mit unsittlichen Gedanken einer jungen Gräfin zu nähern. Gleichwohl Lavinia Fontana eine Virtuosin auf dem Gebiet der Malerei gewesen war, so erhob dies sie nicht in einen höheren Stand – ganz zu schweigen von der Tochter einer ihrer Schülerinnen! Ich unterdrückte meinen aufsteigenden Ärger und fragte möglichst teilnahmslos: »Und, bist du auf ihre Schmeicheleien eingegangen?«

»Wie konnte ich? Papa bestand natürlich darauf, dass eine meiner Cousinen, die in Paris leben, den Sitzungen beiwohnte.« Das besänftigte mich ein wenig.

»Warum hat dein Vater dich nicht von Mary Beale zeichnen lassen? Sie ist die beste Porträtmalerin, die ich kenne.«

Ernestine ließ sich auf einem Scherenstuhl nieder und rutschte verlegen hin und her.

»Das könnte Papa sich nicht leisten«, sagte sie leise.

O weh, ich war in noch ein Fettnäpfchen hineingetappt. Wie mein tollpatschiges Hündchen Mimi kam ich mir vor! Ich verkniff mir die Bemerkung, dass Mrs Beale auch Assistentinnen hatte, die ganz vorzüglich mit dem Pinsel umzugehen wussten und deren Werke preislich akzeptabel waren.

»Möchtest du dich nicht auch setzen?« Ernestine wies auf einen schön gearbeiteten, mit Schnitzereien verzierten Armlehnstuhl. Sofort erkannte ich, dass das Möbelstück von einer unserem Königshaus bekannten Handwerkerfamilie stammte, die seit Jahrzehnten als unsere Hoflieferanten tätig waren. Dankend setzte ich mich und Ernestine nahm das Gespräch wieder auf.

»Du errätst nicht, was im fernen Paris so alles los ist.«

»Du warst vorher nie dort?«

»Nein. Es war meine erste und wohl auch meine letzte Auslandsreise, wenn es nach Mama und Papa geht.«

»Was hast du alles gesehen?«

»Nun, wir haben in der Oper ein Ballett angeschaut. Es war nicht irgendeins, denn zum allerersten Mal tanzte tatsächlich eine Frau auf der Bühne.«

»Ah, lass mich raten, die wunderbare Mademoiselle De Lafontaine, eine wahre Königin des Tanzes.«

»Ja, genau! Und ich hatte eine Einladung in einen Salon im Marais, wo Madame de Scudéry aus ihrem zehnbändigen Abenteuerroman las. Dort war es brechend voll, so viele Leute habe ich sonst nur auf Bällen gesehen. Die Stimmung war ganz gelöst, alle waren am Scherzen und so furchtbar nett, intelligent und sehr belesen.«

Diese Information kam für mich nicht überraschend. Denn ich wusste von meinem werten Bruder Baldrich, dass Ernestine genau an dem Abend in Madeleine de Scudérys Salon aufgetaucht war, an welchem er mit seinem Freund Prinz Rorich dort in Verkleidung verweilt hatte. Von den Anwesenden war einzig Madeleine eingeweiht gewesen.

Genau wie ich wohnte auch Baldrich nicht selten in Kostümierung Veranstaltungen bei, um nicht aufzufallen. Aus Angst, Ernestine könnte ihn doch erkennen, hatte er die Soiree früh verlassen. Das wiederum hatte Madeleine sehr betrübt, wie ich kurz darauf ihrem Brief entnommen hatte:

Warumb nur hat Ihr wehrtes Bruderhertz sich bereits nach zwey Stunden auß dem Staube gemacht?

Ernestine sprang auf und zupfte den Vorhang vor einem Fenster zurecht, strich hier über ein Kissen, verrückte dort eine Vase. Einerseits wirkte sie jung und zerbrechlich, andererseits strahlte sie während unserer Unterhaltung eine gehörige Portion Selbstbewusstsein aus.

Auch wenn dieses Benehmen diese Übersprungshandlungen für eine plötzliche, mir nicht erklärliche Nervosität sprach. Ich verfolgte ihre Bewegungen. Sie war wunderschön. Zum Niederknien.

»Am liebsten wäre ich von Paris aus über Rom zurückgereist.« Ihre Worte holten mich aus meiner Schwärmerei. »Zu gerne hätte ich mir den Palazzo Farnese angeschaut, wo Christina, die ehemalige schwedische Königin, lebt. Sie ist so mutig, verweigert sich ihr ganzes Leben einer Heirat! Weißt du, was ihr in den Mund gelegt wird?«

Obwohl ich genau wusste, was sie kundtun wollte, schüttelte ich den Kopf. Ich wollte es aus Ernestines Mund hören.

»Ich könnte es nicht ertragen, wenn ein Mann mich so gebrauchte wie der Bauer seine Felder‹, soll sie gesagt haben. Und Großmama wusste zu berichten, dass die ehemalige schwedische Königin sich einst in Brüssel in Männerkleidern gezeigt habe!«

»Na so was!« Gespielt entrüstet zwinkerte ich Ernestine zu. Sie lächelte mich an und für einen Moment schien die Zeit stillzustehen.

»Christina war mir ein Vorbild.« Damit sprach ich offen aus, was mich lange schon beschäftigte, was ich aber keiner meiner Hofdamen oder den Gesellschafterinnen mitteilen konnte. »Ich wünschte, ich könnte so vehement gegen die Ehe eintreten wie sie. Was sollte Schlimmes passieren? Mir würde ja nicht einmal der Thron entgehen, da dieser Kronprinz Baldrich zusteht!«

»Ich dachte immer, ich sei das einzige weibliche Wesen, das Hosen den Röcken vorzieht.« Ernestine strahlte. »Sie sind so praktisch bei der Arbeit im Stall und beim Reiten. Ich verstehe nicht, warum wir Frauenzimmer uns in so schweren Stoffen verhüllen sollen.« Sie stand auf einmal vor mir und mir war, als wollte sie meinen Arm berühren.

»Ich kann es dir auch nicht sagen.« Schulterzuckend erhob ich mich aus Ehrfurcht vor ihrer Nähe und ging zum Fenster. Eine Idee kam mir in den Sinn.

»Liebst du das Theaterspiel? Ich kenne ein interessantes Stück, das dir sehr gefallen würde.«

»Aber lass es bitte nicht von Molière sein.« Ernestine schnaubte.

»Was hast du dagegen einzuwenden?« Neugierig durchforstete ich ihre Gesichtszüge auf der Suche nach einer Antwort.

»Mama liebt die *Comédie Française* und ich habe ihr einige von Molières Werken so oft vorlesen müssen, dass ich sie fast auswendig kenne.«

»Ich dachte an ein Stück namens, warte, *Le Mariage forcé, Die Zwangsheirat?*«

»*Die Zwangsheirat?* Also doch von Molière!«

»Nein, nicht von Molière, lass mich überlegen. ... Ich meine *The Forced Marriage,* das Stück heißt *Erzwungene Heirat.* Es ist von einer Frau geschrieben worden, von Aphra ...«

»... Behn! Ich habe von ihr gehört.«

»Sie betrachtet die Ehe aus finanziellen Gründen als Form der Prostitution.«

»Und du denkst, wir könnten das Stück irgendwo hier in der Nähe in einem Theater sehen?« Skeptisch runzelte sich Ernestines Stirn.

»Natürlich nicht. Dafür müssten wir nach Paris oder London reisen.«

»Ich glaube nicht, dass Papa es mir erlauben wird, ich war doch erst letztes Jahr mit ihm in Paris. Er und Mama sind der Meinung, damit hätte ich genug von der Welt gesehen. Außerdem seien Reisen so teuer und er möchte nicht so viel Geld für seine Töchter ausgeben. Allein die Mitgift verschlingt schon eine Menge an finanziellen Mitteln.«

Ungerührt winkte ich ab. »Wer sagt denn, dass er die Reise bezahlen soll?«

Ernestine stand wie vom Donner gerührt da und ich befürchtete, sie könnte gar ohnmächtig werden.

»Du würdest mir eine Reise bezahlen? Aber ist das überhaupt möglich?«

»Wir werden sehen«, antwortete ich unverbindlich. Als Prinzessin und Schwester des Kronprinzen war es mir vergönnt, dafür zu sorgen, dass Ernestine sich nicht langweilte oder gar der Schwermut verfiel. Schließlich sollte sie möglichst bald einen gesunden Prinzen gebären. Was könnte es da Schöneres geben, als eine Reise zu unternehmen? Wenn ich es geschickt anstellte und der königliche Leibmedicus uns begleitete, dann würde Papa weder Kosten noch Mühen scheuen und hätten nichts gegen eine kleine Reise einzuwenden. Da war ich mir sicher.

Der Tatendrang erfasste mich und ich steuerte beschwingt die Zimmertür an. »Wolltest du mir nicht noch den Rosengarten zeigen?«

Kapitel Fünf

Agatha

Die Zeit auf Burg Sturmstein genoss ich über alle Maßen. Mir blieb die herzliche Aufnahme im Haushalt der Grafenfamilie mehr als positiv in Erinnerung. Anscheinend hatte sie meinen Eltern die schroffe Begrüßung auf dem Ball nicht übelgenommen oder ihre Enttäuschung darüber geschickt verborgen. Während meines Aufenthalts entfiel mir sogar fast ein ums andere Mal, dass ich mich nicht am königlichen Hofe befand. Mir fehlte es an nichts und das Essen war vorzüglich. Direkt nach meiner Rückkehr nach Schloss Bergfels veranlasste ich einen Boten, der Gräfin Ernestine einen Goldtaler sowie eine kleine, aber komplette Münzsammlung zu überreichen – als Zeichen der Wertschätzung und Dankbarkeit für die Gastfreundschaft. Das Wort *Freundschaft* hatte ich in dem begleitenden Brief in besonders schöner Kurrentschrift geschrieben.

Zu meinem Ärger war Mimi mir derart um die Füße gesprungen, dass in meinem Schreck das Papier auf den Boden gesegelt war. Kurzerhand hatte das Tierchen einen kleinen Pfotenabdruck auf dem Schriftstück hinterlassen. So hatte ich als PS einen Vermerk gesetzt, dass Mimi es schlicht nicht erwarten könne, Ernestine bald kennenzulernen, und dass sie ihr mit diesem kleinen Kunstwerk herzliche Grüße schicke.

Ich vermisste Ernestine ungemein, war mir selbst nicht mehr genug und empfand mit zunehmender Überlegung eine Gegeneinladung als durchaus angemessen. War es nicht auch das, was Mama sich von mir wünschte? Dass ich mich dem in letzter Zeit stattfindenden Reigen von Besuchen, Einladungen und Gegenbesuchen des Adels endlich anschloss?

Folglich beschied ich, noch im Spätsommer des Jahres ein kleines Hofkonzert zu veranstalten. Keine große Veranstaltung, sondern eine nette Soiree im intimen Kreis, welche ich aus meinem Budget zu stemmen vermochte.

Somit konnte ich bestimmen, wen ich einlud, und musste nicht auf allzu viele Konventionen oder die Bequemlichkeiten und Vorstellungen des Königs und der Königin oder gar meines Bruders Rücksicht nehmen.

***

Keine meiner wenigen engsten Freundinnen wollte sich das Konzert entgehen lassen. Der Anstand und die Etikette zwangen mich, Mama, Papa und meine Geschwister einzuladen. Aber Benedicta war bei einer Cousine zu Besuch und von meinem Vater und Baldrich wusste ich, dass sie nachmittägliche Musikveranstaltungen verabscheuten, die dem Zeitvertreib schwatzender Frauenzimmer dienten. So leisteten uns lediglich Mama und Marie Sophie Gesellschaft.

Ernestine hatte sich zu meiner großen Freude mit Blanchefleur allein auf den Weg gemacht, nur begleitet von zwei Kammerzofen. Ich hatte ihren Eltern in einem Schreiben zugesichert, ihnen bei Hofe je zwei Dienstmägde und Gesellschafterinnen zur Seite zu stellen, damit sie während ihres kurzen Aufenthalts bei uns gut umsorgt seien.

Ich wusste, dass Ernestine das muntere, vergnügte *Capriccio über das Henner und Hannergeschreÿ* lieben würde, in welchem vortrefflich fröhlich gackernde Hühner sowie Hähne nachgeahmt wurden. Und tatsächlich: Während der Aufführung tappte sie nach den ersten Tönen lebhaft mit ihrem Fuß im Takt mit und lachte zuweilen laut auf.

Kaum war das Blockflötenkonzert zu Ende und der Beifall erloschen, da erhob sich Ernestine und zerrte an meinem Arm, riss mich aus dem Stuhl und drehte sich mit mir im Kreis. Wir wurden immer schneller und schneller, ich ließ mich von ihrer Freude anstecken und amüsierte mich prächtig.

»Agatha, welch unkonventionelles, lustiges Stück hast du dir ausgesucht! Ich habe viel gehört von Pogliettis Kompositionen und kenne ein oder zwei Orgelstücke, aber dass er so ein wunderbares, humorvolles Stück geschrieben hat ...« Die Worte sprudelten voller Begeisterung aus meiner Freundin heraus.

Ein lautes Hüsteln war zu vernehmen, Mama schien den Übermut der jungen Gräfin nicht genauso freudig aufzunehmen wie ich es tat.

»Prinzessin Agatha, es war mir eine Freude, diesem wunderbaren Konzert beiwohnen zu dürfen.« Meine Mutter drängte sich zwischen uns. »Es ist bedauerlich, dass dein Herr Vater unabkömmlich in Politikgeschäfte verwickelt ist.« Kaum hatte sie geendet, wandte sie sich an Ernestine, die sich ein paar Schritte entfernt hatte und mit ihrer Schwester ziemlich verloren im Abseits stand.

Ich sah mich um, aber meine anderen Freundinnen waren allesamt um die Spielerinnen des Flötenquartetts versammelt und schenkten uns keinerlei Beachtung.

»Liebste Gräfinnen, gerne könnt Ihr mir später in der kleinen Galerie Gesellschaft leisten und mit mir und meinen Töchtern zu Abend speisen«, lud Mama meine Gäste ein. »König Kasimir hat versprochen, dass er es sich nicht nehmen lasse, uns nach vorgerückter Stunde aufzusuchen.«

Sie blickte Marie Sophie und mich mit stechendem Blick an.

»Die Prinzessinnen Agatha und Marie Sophie werden Euch derweil die zukünftigen Gemächer der Gräfin Ernestine zeigen. Liebste Agatha, bitte trage Sorge, dass Kronprinz Baldrich ein paar Minuten allein mit seiner zukünftigen Gemahlin verbringen und einige Worte mit ihr wechseln kann.«

Während Mama zu meiner Schwester und mir sprach, musterte sie Ernestine unverblümt von Kopf bis Fuß. Ihr Augenlid zuckte, was ein untrügliches Zeichen ihres Missmutes war. Ernestines Haarteil saß ein wenig schief, auch trug sie so gut wie keinen Puder. Ich musste die beiden Gräfinnen schnellstmöglich von hier fortbringen, um zu verhindern, dass Mutter die herzallerliebste Ernestine vor allen Anwesenden mit einer übellaunigen Bemerkung bloßstellte. Denn leider ließ Mama gerne Sticheleien los.

Außerdem hatte ich den Abend nach dem Konzert anders verplant. Auch wenn wir das Essen um der Höflichkeit willen nicht ablehnen konnten, wollte ich doch möglichst viel Zeit mit meinen Gästen allein verbringen.

»Ernestine, Blanchefleur«, sprach ich daher die beiden jungen Frauen an, »folgt mir bitte, wir gehen durch den Ostflügel, der Weg ist am kürzesten.«

Ohne Umschweife erntete ich einen empörten Blick von Mama. »Kind, du wirst wohl nicht von unseren Gästen verlangen, zu Fuß durch die langen Gänge zu schreiten? Das ist keiner zukünftigen Königin würdig, nicht wahr, Gräfin Ernestine?« Das Wort Gräfin betonte sie besonders.

»Er stehe gefälligst nicht so gelangweilt hier herum. Die jungen Damen benötigen eilends eine *Portechaise,* und zwar schnell«, herrschte sie einen der im Gang stehenden Dienstboten an.

Während wir auf die Sänften warteten, verabschiedete ich mich von meinen übrigen Freundinnen und bat die Hofdamen, sie hinauszubegleiten und uns mit den Gräfinnen allein zu lassen.

Als die Dienstboten mit den Tragsesseln vortraten, war es Ernestine und Blanchefleur sichtlich unangenehm, in die Sänften zu steigen. Waren sie überhaupt schon einmal in einer *Portechaise* getragen worden? Ich entsann mich nicht, auf Burg Sturmstein eine gesichtet zu haben. Wir waren dort überall zu Fuß hingegangen.

***

Kaum hatten wir die Räumlichkeiten der späteren Angetrauten des Kronprinzen erreicht, da hüpften Ernestine und Blanchefleur aus den Tragsesseln. Der uns begleitende Fackelträger huschte geistesgegenwärtig zur Seite, sonst hätte Ernestine sich den Ärmel ihres Kleides an der Leuchte versengt. Ich sorgte dafür, dass man ihnen auf den Schrecken und zur Erfrischung Apfelwein reichte.

Aber es war kein Diener, der den Wein brachte, nein, es war mein Bruder Baldrich höchstpersönlich. Von irgendwoher eilte er herbei und war sich nicht zu schade, den jungen Frauen das Getränk anzubieten.

Mich ärgerte, dass er zunächst Blanchefleur ein Glas reichte, bevor er sich an Ernestine wandte. Welch grobe Unhöflichkeit ihr gegenüber!

Mehr noch, er und Blanchefleur schwatzten wie alte Vertraute und ignorierten uns Schwestern nach allen Regeln der Kunst.

Ernestine wiederum schien sich überhaupt nicht daran zu stören. Stattdessen zupfte sie mich am Ärmel und flüsterte mir zu: »Lassen wir die beiden allein. Sie scheinen sich viel zu erzählen zu haben, obgleich sie sich doch mehrmals am Tag schreiben.«

Diese Tatsache war mir neu. Wie konnte mein Bruder mir so etwas vorenthalten und Heimlichkeiten vor mir haben? Nicht einmal die Hofschranzen schienen davon zu wissen, denn dann hätte ich es von meiner Kammerzofe erfahren.

»Komm mit, ich zeige dir die kleine Bibliothek, die ich für dich habe einrichten lassen. Die Idee kam mir nach meinem Besuch auf Burg Sturmstein und unseren netten und aufschlussreichen Gesprächen über Bücher. Es sind noch nicht viele, aber immerhin ist eine kleine exquisite Sammlung an guter Literatur zusammengekommen.« Ich hakte mich spontan bei ihr unter, wohl noch unter dem Eindruck der schwätzenden Geschwister und dem Briefwechsel, der mir bisher verborgen geblieben war.

Ernestine ließ es geschehen und mir war, als lehne sie sich sogar ein wenig an mich. So wandelten wir zwei zur Bibliothek und ich zeigte ihr die schön eingebundenen Werke. Bald saßen wir eng beisammen – ich auf einem einfachen, mit Samt bezogenen Stuhl mit Rückenlehne, da ich Ernestine den schönen mit Armlehnen und Goldbrokat-Stickereien überlassen hatte. Auf zwei kleinen Tischen, die wir uns herangezogen hatten, stapelte sich Buch um Buch. So hockten wir, die Köpfe zusammengesteckt, und mochten gar nicht aufhören zu plaudern!

Eine Kammerjungfer brachte uns die kleine Mimi, die sich von allergütigster Seite zeigte. Sie begrüßte Ernestine freudig, gab sogar Pfötchen und wich ihr nicht mehr von der Seite.

Ernestine blieb auch bei mir, als wir nach dem Abendessen in meine Gemächer gingen und ich mich für die Nacht umkleidete. Sie begleitete mich ins kleinere Schlafgemach, denn das Bett im Alkoven war komfortabler als das freistehende im zwar prächtigen, aber übergroßen Schlafzimmer. Mimi machte es sich zu unseren Füßen bequem. Es war noch warm draußen und so ließen wir die Fenster geöffnet und konnten den Schwalben bei der Insektenjagd zuhören.

Die Vertraulichkeit, die wir verspürten, war Balsam für unsere Seelen. Ich überredete Ernestine, das künstliche Haarteil abzunehmen, und strich ihr immer wieder über die kurze Frisur. Sie gestattete mir, sie *Stinchen* zu nennen, und wir umarmten und küssten uns ganz ohne Scheu. Erst lange nachdem die Dunkelheit eingesetzt hatte, fielen wir in einen tiefen Schlaf.

Kapitel Sechs

Ernestine

Winters verbrachte unsere Familie viel Zeit in dem repräsentativen Landsitz meiner Großeltern. Dieser Palais, in welchem wir auch zur Zeit des Balls gewohnt hatten, lag nur eine Stunde von der nächsten Stadt entfernt, sodass unsere Versorgung gesichert war. Die Dienstboten mussten für die Einkäufe und Besorgungen keine langen Wege zurücklegen.

Wenn das Wetter es zuließ, besuchten Mama und Blanchefleur enge Bekannte und Verwandte, während ich es meist vorzog, die Bibliothek des Nonnenkonvents aufzusuchen und die dort reichlich vorhandenen alten Schriften zu studieren. Die Buchmeisterin verstand es, mich stetig mit neuer Literatur zu versorgen. Durch sie schloss ich Bekanntschaft mit einigen anderen Übersetzerinnen, die von Zeit zu Zeit in ihrem Kloster verweilten.

Nun wechselten sich aber seit drei Wochen Schneestürme und Eisregen ab und Papa hatte uns verboten, in die Stadt zu fahren. Der Weg mit der Kutsche wäre zu gefährlich. So wurde es bisweilen ein wenig langweilig, schließlich konnte ich nicht von früh bis spät Briefe an Agatha schreiben oder mich meinen Übersetzungen widmen, das war zu anstrengend.

Daher waren Blanchefleur und ich froh über jede Abwechslung. Uns war zu Ohren gekommen, dass ein versiegelter Umschlag des Königs unserem Vater zugestellt worden war und dass er über dessen Inhalt mit Mama zu reden gedachte. Sofort eilten wir zur Bibliothek und lauschten an der schweren Tür.

Mir klopfte das Herz bis zum Hals, als ich Papas Worte durch die Tür hörte: »Liebste, die Königsfamilie hätte keine bessere Partie als unsere Tochter auswählen können. Unser allerdurchlauchtigster König Kasimir hat dies bereits nach der letzten Jagd bei unserem gemeinsamen Freund, dem Fürsten von Unterwald, ausdrücklich unter vier Augen mit wärmsten Worten ausgedrückt. In seinem heutigen Anschreiben drängt er darauf, dass die Heirat aus taktischen, geopolitischen Gründen noch in diesem Winter stattfinde.«

»Auf gar keinen Fall!«

Mamas Stimme schrillte durch den Raum, doch Papa übertönte sie: »Und ich werde ihm diesen Wunsch selbstverständlich nicht abschlagen.«

»Otto! Wie kannst du nur ...«

»Meine Teuerste, erst wolltest du unsere Erstgeborene in Bälde unter der Haube wissen, und jetzt bist du dagegen?«

»Ich wünsche eine große Feier, und das ist im Winter nicht möglich. Der Adel würde sich nur noch mehr das Maul zerreißen über die unstandesgemäße Heirat eines Kronprinzen und einer Gräfin! Ich würde zu gerne wissen, wie die Königin über diese Idee ihres Mannes denkt, geht es doch um den guten Ruf ihrer Familie.«

»Hach, Liebste, du scherzt wohl? Willst du allen Ernstes des Königs Ersuch ablehnen?« Papa lachte auf, seine Stimme klang allerdings drohend, als er fortfuhr: »Die Vermählung muss dem großmächtigsten König Kasimir einiges wert sein, sonst würde er kaum bei diesem ungemütlichen und kalten Wetter einen Boten losschicken.«

»Der arme Mann«, entfuhr es Mama. »Er soll sich von der Köchin eine warme Suppe geben lassen.«

»Lenk nicht ab, Liebes. Was geht uns der Bote an? Er wird solche Umstände gewohnt sein«, sprach Papa. »Einen Aufschub der Heirat können wir uns außerdem nicht leisten!«

»Pah, bisher hattest du es nicht eilig damit.«

»Endlich könnten wir uns von den kostenintensiven Ländereien östlich der Grenze trennen, die wir einst zur Taufe unserer entzückenden Ernestine Philippa als Mitgift schriftlich vereinbart haben. So wären wir deren aufwendige Bewirtschaftung los«, schwadronierte Vater weiter. »Dies ist eine angemessene Aussteuer für unsere Älteste, wie König Kasimir in seinem Brief mitteilte. Er betont, dass er durch den Zuerwerb in seiner Position gestärkt hervortreten könne. Insbesondere gegenüber dem Königreich Böhmen sowie dem Erzherzog von Österreich, den ehrgeizige Reformprogramme umtreiben. Ganz nebenbei verschafft er sich mehr Respekt seitens der Untertanen, wenn er auch diesen Teil der Ländereien sein Eigen nennt.«

»Habt Ihr es gut! Wäre ich doch an Eurer Stelle.« Blanchefleur hatte ihren Kopf auf meine Schulter gelegt und seufzte leise.

Ich schwieg, während Vater hinter der Tür umso lauter wurde. »König Kasimir betraut mich großzügigerweise mit der Verwaltung der Ländereien, die ich seiner Meinung nach bisher hervorragend betreut habe ...«

»Aber ...«

»... und die er von verschiedenen Experten im letzten Sommer *incognito* hat inspizieren und schätzen lassen. Es geht unter meinen Freunden sogar das Gerücht um, der König wäge ab, meine Wenigkeit in den Fürstenstand zu erheben, was den Wert der mir verbleibenden Besitztümer immens steigen ließe!«, schloss er aus voller Kehle. Er wollte wohl, dass die ganze Burg mitbekam, wie *formidabel,* wie großartig er in des Königs Augen war. Nun ja, so mussten wir unsere Ohren nicht so feste an die Tür drücken.

»Auch die gnädigste Prinzessin Agatha berichtete dem König, sie habe sich während ihres Aufenthaltes bei uns wie am Hofe des Sonnenkönigs gefühlt und dass unsere Familie wahrlich nicht nur eines Grafen-, sondern durchaus eines Fürstentitels wert sei.«

»Es ist unzumutbar, dass Prinz Baldrich den Weg zu unserer Burg im tiefsten Winter auf sich nimmt«, warf Mama ein und kam damit zum eigentlichen Sujet zurück.

»Was das angeht, so muss er sich gar nicht auf die Reise zu uns machen ...«

»Auch Ernestine können wir nicht den beschwerlichen Weg durch den Schnee zumuten!« Mama gab sich zunehmend empört. »Es ist zu gefährlich, Räuber hätten ein leichtes Spiel. Und ich mag gar nicht daran denken, dass sie mit der Kutsche einen Unfall haben könnte.«

Papa schnaubte abwertend: »I wo, wer spricht denn davon? Die Eheschließung wird ganz einfach *per procurationem*, per Stellvertreter, vorgenommen.«

Schockiert lauschte ich Vaters Worten.

Zu meinem fünfzehnten Geburtstag hatte er mir versprochen, ich müsse nichts befürchten und die Heirat werde nicht derart zeitig stattfinden. Seine heutigen Worte jedoch straften dieses Ehrenwort Lügen.

Ich dumme Gans hatte Papas Versprechen geglaubt und gehofft, der Kelch der Ehe würde irgendwie an mir vorüberziehen, würde nur genügend Zeit verstreichen. Dass der Prinz ganz bestimmt eine viel besser passende Frau, eine Prinzessin, kennenlernen und bevorzugen würde. Von wegen! Schlimmer noch hatte der Kronprinz bei unserem ersten Zusammentreffen auf dem Ball mir gegenüber sehr unhöflich und abweisend gewirkt. Demnach hatte ich mich den Hoffnungen hingegeben, auch er stünde einer baldigen Vermählung ablehnend gegenüber.

Und dann waren da noch die heimlichen Briefe, die er sich mit Blanchefleur schrieb! Umgekehrt schien auch sie ihn sehr zu verehren und zu mögen.

Meine Schwester krallte sich an mir fest. Ahnte sie, dass ich am liebsten in das Zimmer stürmen und meinen Vater vor lauter Wut anschreien würde? Es war mir beinahe egal, ob sich das für eine Gräfin schickte oder nicht.

Mamas Aussagen hingegen überraschten mich. Bisher hatte sie nie Bedenken gegenüber dieser ungleichen Verbindung geäußert, war sie bis vor Kurzem höchstselbst die treibende Kraft gewesen und hatte sich im Ruhme des Königshauses sonnen wollen.

»Bitte die Kammerzofe darum, den Handschuhmacher noch diese Woche herzubestellen, schlechtes Wetter hin oder her. Wir werden ein edles Paar Handschuhe in Auftrag geben, am besten durchwoben mit Goldstickereien.« Papas gönnerhafter Ton missfiel mir. »Ebendieses werden wir dann unserem jüngsten Sohne Humbert zur Überreichung an das Königshaus übergeben. Es wird ihm guttun, mal durch Schneesturm und Eiseskälte zu ziehen und seinen Mann zu stehen. Sein eingebildetes Auftreten ist mir zuwider. Manchmal denke ich, er ist nicht mein Sohn, so wie er sich benimmt.«

Peinliche Stille folgte und Blanchefleur sah mich fragend an.

Mama hatte meines Wissens eine Zeit lang einen jüngeren Verehrer gehabt, den Bruder des Fürsten von Unterwald. Aber ich dachte, sie wären sich nur selten und im Beisein der Familien begegnet.

»Was willst du damit andeuten?«, empörte sich Mama, als sie ihre Sprache wiedergefunden hatte, doch Papa ignorierte ihren Zuruf.

»Auf dem Ritt soll Humbert zeigen, dass er schwierige Situationen meistern kann«, sprach unser Vater weiter. »Meinetwegen kannst du der Königin einen Brief senden und sie bitten, für unsere Tochter ein Fest oder einen kleinen Ball im nächsten Sommer zu veranstalten. Teile ihr mit, dass du dir dies sehnlichst wünschst, als Wertschätzung Ernestine und unserer Familie gegenüber. Na, du weißt schon, wie es ausgedrückt werden sollte.«

Mein Gesicht musste in diesem Moment leichenblass geworden sein. *So brauche ich wenigstens heute keinen Puder mehr aufzutragen.* Mein Vater wollte, dass mein Bruder als Stellvertreter in meinem Namen vor Prinz Baldrich das Jawort ablegte. Nein! Niemals!

Ich stimmte Mamas Meinung inständig zu, eine angemessene Heiratszeremonie sollte erst im Sommer durchgeführt werden. Diese krude Idee mit der Handschuh-Ehe musste sie Papa ausreden. Dies würde mir Zeit verschaffen, denn anscheinend gab es nur einen Weg, mich der Heirat zu entziehen: die Flucht aus Burg

Sturmstein und dem Leben, das mir mehr und mehr zuwider war.

Ich musste mir ein anderes, selbständigeres aufbauen. Eines, wo ich am Ende des Tages nach getaner Arbeit meinen Laib Brot selbst verdient hatte. Durch ehrliches, eigenhändiges Schaffen. Und wenn ich dann genügend Taler zusammen und erst einmal eine eigene kleine Hütte hätte, dann würde ich Agatha und Mimi zu mir holen. Denn mir dünkte, meine Freundin war im tiefsten Inneren mit ihrem Leben genauso unglücklich wie ich. Wahrhaftig bastelte ich seit langer Zeit an einer Ausweichlösung und war nicht umsonst bemüht, mit unseren Bediensteten und meiner Kammerzofe sowie den Stallburschen gut auszukommen. Spätestens wenn der Tag der Heirat nahte, würde ich mein in der Sattelkammer deponiertes Bündel nehmen, mich in die Kniebundhosen eines Stallburschen werfen und mich mit Libelle auf die Flucht begeben. *Ich muss Zeit schinden,* fuhr es mir durch den Kopf, *zumindest, bis das Wetter sich gebessert hat und die Straßen vom Eis befreit sind.*

***

Das Glück war mir hold, denn der Handschuhmacher lag mit einer äußerst schweren

Verkühlung darnieder. So konnte ich vor meiner Flucht von Burg Sturmstein alles regeln, was mir wichtig schien. Vor allem hatte ich einen Brief zu schreiben. Agathas Besuch, wie sehr sie mein Porträt gelobt hatte, das darauf folgende Hofkonzert und wie viel wir uns zu sagen und erzählen hatten – das alles hing mir nach. Mir blieb nicht viel Zeit, und es war undenkbar, Agatha direkt anzuschreiben und von meiner Flucht zu berichten.

Ich musste es aussehen lassen, als wären meine Zeilen für Prinz Baldrich bestimmt. Ich würde mich darin erklären, offenbaren, dass ich seine Frau nicht werden könne und dass mein Herz seiner Schwester gehöre. Ob er das Schriftstück auch seiner Schwester zeigte und sie so meiner tiefen Liebe zu ihr gewahr wurde? Ich setzte mich an meinen Schreibtisch und griff nach den Schreibutensilien. Flink ließ ich die Feder über das Papier gleiten.

Durchlauchtigster Prinz Baldrich, au sujet de votre soeur, was Eure Schwester, die gnädigste Prinzessin Agatha, angeht: Sie ist recht gutt und hatt mitt mir geweint ... Stumm las ich zum letzten Mal den Brief, in welchem ich schilderte, wie wir beide bei ihrem Besuch ein ergreifendes Liebesgedicht auswendig zitiert und uns die Rührung überkommen hatte. *... undt ob meien trauerigkeit ...* Gefühle kamen in mir auf und ich tupfte mir die Augen. Die Kerze flackerte und ich fluchte. Meine Hand zitterte und es fiel mir plötzlich schwer, mit der Feder sauber und leserlich noch einen Nachtrag hinzuzufügen, ohne zu klecksen.

Die gutte Princes Agatha erweist mir alle freündschaft, daß ich sie auch darum gantz lieb habe. Immer wieder hielt ich inne. Schickte es sich, einen vertraulichen Brief an den Kronprinzen zu senden? Wenigstens dieses eine Mal war es gut, dass ich als seine Zukünftige galt, so würde nicht weiter auffallen, erhielte er einen Brief von mir, nicht wahr?

Ob ich ihm freiweg vertrauen konnte? Zu gerne hätte ich ihm mehr verraten – wie den Kuss, den Agatha und ich jüngst ausgetauscht hatten. Aber das sollte ich wohl lieber für mich behalten, allein schon, um Agatha nicht in größere Erklärungsnot vor ihrer Familie und in *Malaisen,* in Schwierigkeiten, zu bringen. Sicher stand ihr ein Verhör bevor.

Kapitel Sieben

Agatha

»Euer Hoheit, seid Ihr Euch absolut sicher?«
Mit hochgezogenen Augenbrauen holte mich
die Kammerzofe aus meinen Überlegungen. Sie
ließ eine meiner langen Haarsträhnen durch
ihre Finger gleiten und schüttelte missbilli-
gend den Kopf

»Habe ich mich nicht klar und deutlich ausgedrückt?«, antwortete ich ungeduldig. »Eine
Locke wird sicher nicht ausreichen. Schneide
Sie mir genügend Haare heraus, sodass sich
daraus ein hübsches Schmuckstück flechten
lässt.« Ernestines Lob meiner Haarpracht
hatte ich nicht vergessen. Sie sollte auch ihre
Freude daran haben und sich ewig an mich er-
innern.

»Aber Prinzessin, warum nehmt Ihr nicht eines der vielen silbernen Armbänder und
schenkt es der Gräfin?«, mischte sich eine der
beiden Gesellschafterinnen ein, die auf Mamas
Order hin stets bei meinem Ankleiden zugegen

waren. Je älter ich wurde, umso mehr verabscheute ich diese Sitte. Ich bereute, ihr von meinem Vorhaben berichtet zu haben. Ohne jede Diskussion wollte ich genau dieses Schmuckstück Ernestine schenken, als Zeichen meiner Treue und Liebe zu ihr. Auf die Idee war ich durch die Zeilen des Dichters Opitz gekommen, der einst von einem Armband, aus dem Haar seiner Liebsten geflochten, geschrieben hatte.

»Nein, ich wünsche keinen Widerspruch mehr. Sie schreite bitte zur Tat.« Für einen Moment schloss ich resolut die Augen, um so weiteren Einmischungen einen Riegel vorzuschieben.

Nach einer gefühlten Ewigkeit setzte die Kammerzofe die Schere an und schnitt mir eine schöne lange Strähne meiner Lockenpracht ab. Danach präsentierte sie mir die Haarsträhne, bevor sie sie in ein kleines Schächtelchen tat. Dabei wäre sie um ein Haar – welch passender Begriff – der Mimi auf die Pfoten getreten.

Wie mir eine am Fenster sitzende Gesellschaftsdame berichtete, wartete ein Bote unseres Hofjuweliers bereits draußen. Ich fand es immer spannend zu wissen, wer im Schloss ein- und ausging, ob Lieferanten mit ihren Fuhrwerken eintrafen oder Gäste für Papa ankamen. Oder ob Boten mit eiligen Schreiben meines Vaters in die Ferne hinausritten, so wie vor zwei Wochen geschehen. Eine Kammerjungfer war zufällig Zeugin gewesen, als Papa unseren Hofschreiber um Rat gefragt hatte, wie er ein ihm durchaus wichtiges Anliegen dem Grafen Otto höflichst und stilvoll, aber mit Vehemenz kundtun könne.

Ernestines Name war angeblich ebenfalls gefallen. Auf Nachfrage bei Mama hatte ich erfahren, dass unsere Eltern die Heirat nun forcierten und sie so schnell wie möglich abhalten wollten. Traurigkeit lähmte mich seitdem.

»Euer Hoheit, Euer Herr Bruder mö...« Weiter kam der Kammerdiener nicht. Vielmehr übertönte Baldrich ihn, der unmittelbar in der Tür stand.

»Liebste Schwester Agatha, ich möchte mit Euch reden.« Baldrich schritt mit ausgebreiteten Armen auf mich zu. Als er meine Wangen zur Begrüßung küsste, stieg mir der Geruch von Alkohol anstelle seines sonst sehr angenehm riechenden Parfums in die Nase.

»Bitte gnädigste Frauen«, richtete er sich an die Gesellschaftsdamen, »ich möchte mit Prinzessin Agatha für eine Weile unter vier Augen sprechen.«

Doch seine Aufforderung traf bei ihnen nicht auf Begeisterung und keine von ihnen machte

Anstalten, aufzustehen. Aus Höflichkeit zu mir warteten sie auf meine Zustimmung. Seufzend sprang ich meinem Bruder zur Hilfe.

»Das Wetter ist so wunderschön, die Wege nicht mehr vereist und vom Schnee befreit, vielleicht machen Sie einfach einen kleinen Spaziergang durch den Garten und genießen die in letzter Zeit ach so seltenen Sonnenstrahlen?«

***

Was mein Bruder mir vortrug, würde das ganze Königreich in einen Schockzustand versetzen, doch die Neuigkeit war Balsam für meine niedergeschlagene Seele. Baldrich flehte mich an, mit ihm einen Plan auszuhecken, damit er Blanchefleur das Ja-Wort geben könne. Er zeigte mir einen Brief von Ernestine, den er soeben von seinem Kammerdiener ausgehändigt bekommen hatte. Die vertraute Schrift und die Liebe zu mir, die Stinchen ihm darin freiweg offenbarte, berührten mich sehr.

Baldrich beteuerte mir, er schätze Ernestine derart, dass er ihr eine Heirat mit ihm nicht antun wolle, wo er doch ihre Schwester begehre. Ich musste seinen Mut hoch anerkennen. Trotzdem wollte ich mich rückversichern.

»Meint Ihr es ernst? Seid Ihr überhaupt schon wieder nüchtern?«

Schließlich hatte er bis in den späten Abend mit Freunden beim Kartenspiel gesessen. Wenn ich meiner Kammerzofe glaubte, so hatten die jungen Herren einen Großteil der Weinvorräte ausgetrunken, die eigentlich für ein demnächst stattfindendes Festessen mit hochrangigen Kaufleuten aus Venedig und den Niederlanden bestimmt gewesen waren.

»Ich war mir noch nie so sicher«, antwortete Baldrich mit fester Stimme und ernstem Gesichtsausdruck. »Blanchefleur ist die bezauberndste junge Frau, der ich je begegnet bin.« Er schluckte und hustete. »Mir ist übel. Können wir das Fenster öffnen? Ich glaube, ich habe gestern doch zu viel getrunken.«

Widerwillig bewegte ich mich zum Fenster und öffnete die schweren Läden. »Besser?«

Baldrich war mir gefolgt, schob eine meiner edlen chinesischen Vasen beiseite, die dort stand, und stützte sich auf die Fensterbank. Tief holte er Luft.

»Es wird kein einfaches Unterfangen sein, den König und die Königin davon zu überzeugen, dass Ihr Ernestines jüngere Schwester zur Frau nehmen möchtet. Ganz zu schweigen von dem erlauchten Graf Otto und seiner treuen Gemahlin Walburga.«

»Ich bin mir dessen durchaus bewusst. Erschwerend kommt hinzu, dass unsere Eltern bereits missvergnügt sind, da Ihr wohl kaum mehr für den Prinzen Rorich als Auserwählte infrage kommt.«

»Ihr seid von unseren Eltern informiert worden?«

»Eine furchtbare Geschichte, ich beneide Euch nicht um Euer Schicksal«, bekannte Baldrich. »Eine Frau, die keine Kinder gebären kann, ist doch so gar nichts wert auf dieser Welt.«

Ich sah das anders und war meinerseits froh, dass Mama und Papa sich letztendlich mit der Erklärung unseres Leibarztes zufriedengaben. Nach ausführlichen Studien zur weiblichen Natur und dem Austausch mit mehreren Gelehrten war er zu dem Schluss gekommen, ich würde aufgrund eines Frauenleidens nicht in der Lage sein, Nachfahren zu bekommen. So ließen meine Eltern davon ab, für mich nach einem heiratsfähigen Prinzen Ausschau zu halten, und konzentrierten sich darauf, für meine jüngeren Schwestern geeignete Prinzen oder Fürsten auszuwählen. Und wenn es mir gelang, Baldrichs Anliegen zu verwirklichen, nun ja, dann hätte ich Ernestine ganz für mich allein.

»Was nun Blanchefleur betrifft ...«, kehrte mein Bruder zum Grund des Gesprächs zurück.

»... so müssen wir uns beeilen«, beendete ich seinen Satz.

Erstaunt blickte er mich an. »Wieso?«

»Wie ich durch Yolande vernahm, hat unser Herr Vater bereits vor zwei Wochen einen Boten zur Burg Sturmstein geschickt. Er drängt darauf, dass die Hochzeit so bald wie möglich stattfinde. Am besten, Ihr sucht Papa sofort auf.«

»Was? Warum weiß ich nichts davon? Das kann do...« Baldrichs Würgereiz unterbrach jäh seine Worte und ich hielt mir die Hände vors Gesicht, um nicht mitanschauen zu müssen, wie der Kronprinz sich in eines meiner schönsten Porzellangefäße erleichterte. In diesem Zustand war er nicht in der Lage, unseren Eltern entgegenzutreten und seinen innigsten Wunsch loszuwerden, stellte ich verärgert fest.

***

In den nächsten Tagen überschlugen sich die Ereignisse. Papa erhielt per Eilboten einen Brief vom Grafen Otto, der eine Heirat per Stellvertreter vorschlug, um, wie gewünscht, die Verbindung so zügig wie möglich zu beschließen.

Zwei Begleitschreiben kamen von der Gräfin Walburga: Sie bat – im Gegensatz zu ihrem Mann – unsere Mutter allen Ernstes darum, beim König ein gutes Wort einzulegen, damit die Heirat mit einem pompösen Fest erst im nächsten Sommer stattfinden möge. Nur so würden sie Gräfin Ernestine die Ehre zukommen lassen, die ihr als künftiger Frau des Kronprinzen zustehe.

Das andere Schreiben mit gleichem Inhalt war für Papa bestimmt. Unser Herr Vater ließ die Fürbitte der Gräfin sofort im Kamin verbrennen und grummelte etwas wie: »Seit wann bestimmen Frauenzimmer die Geschicke der Welt?«

Mama erwog hingegen, der Gräfin zumindest ein taktvolles Antwortschreiben zu senden, in welchem sie ihr die *absonderliche Idee* ausreden und eine Handschuh-Ehe gutheißen wolle.

Am selben Abend offenbarte Baldrich unseren werten Eltern seine Liebe zu Blanchefleur. Verständlich, dass sie ihm seinen Wunsch zunächst ausschlugen und gleichermaßen entsetzt wie empört waren.

Papa erbat sich einen Moment der Ruhe, um über das Problem nachzudenken, und trug eine in seinen Augen vorzügliche Lösung für Baldrichs Problem vor:

»Erwartungsgemäß wirst du unseren und der Grafenfamilie Wunsch erfüllen und Ernestine ehelichen. Aber nach all den Festlichkeiten und wenn sie planmäßig einem oder gar zwei Erben das Leben geschenkt hat und du selbst regierst, schert sich niemand darum, wenn du Blanchefleur zur *Maîtresse-en-Titre,* zur obersten königlichen Mätresse, nimmst.«

Papa stolzierte durch den Raum und schien sich wohl für sehr einfallsreich zu halten. »Blanchefleur wäre dann im Besitz einer halboffiziellen Stelle, die sogar mit einer eigenen Wohnung im Schloss einherginge, wo du sie ganz legitim aufsuchen könntest, wann immer du es möchtest«, ergänzte er mit triumphierendem Blick in unsere Runde.

Doch Baldrich gab sich zu meiner Erleichterung nicht damit zufrieden. Er schleuderte Papa Wörter des Unmuts und Kraftausdrücke entgegen, von denen ich gar nicht wusste, dass er sie kannte, und ging dann in sein Appartement. Ich lief ihm hinterher und wir beratschlagten uns eine Weile.

»Wir haben sonach noch ein gutes Stück an Überzeugungsarbeit vor uns, doch zweifle ich nicht an einem guten Ausgang«, versuchte ich ihn zu trösten.

Marie Sophie, die von ihrem Besuch bei einer Freundin zurückkam, gesellte sich zu uns und ich erzählte ihr von den Geschehnissen. Sie wiederum unterbrach mich nach ein paar Worten und bat mich, ihr Gehör zu schenken. Was sie berichtete, zog mir den Boden unter den Füßen weg: Ernestine war von Burg Sturmstein geflohen!

Kapitel Acht

Ernestine

Meine Stute Libelle ließ sich die lange Strecke, die sie bereits hinter sich gebracht hatte, nicht anmerken. Ohne einen erkennbaren Funken an Müdigkeit trug sie mich trotz des weiterhin recht kühlen Wetters fern der Heimat. Erst am Abend, als wir einige Dörfer passiert hatten, deren Namen ich nie zuvor gehört hatte, wagte ich es, uns beiden an einem kleinen See eine Pause zu gestatten. Nachdem ich Libelle über alle Maßen für ihre Ausdauer gelobt hatte, führte ich sie zum Wasser, damit sie trinken konnte. Hungrig stürzte ich mich auf die Äpfel, die ich eilig aus einer Vorratskammer entwendet und in einem kleinen Bündel verschnürt hatte.

Fürs Erste gesättigt, band ich mein Pferd an einen dünnen Baumstamm und sah mich ein wenig um. In der Ferne erblickte ich eine Holzhütte, aus deren Schornstein Rauch aufstieg. Es gab einen kleinen Anbau, wahrscheinlich einen Stall, denn auf der angrenzenden Weide standen zwei Kühe und ein Pferd. An einer Wäscheleine hingen Tücher und Kleidungsstücke. Ob ich dort im Stall für eine Nacht unterkommen durfte?

Ich schaute an mir herunter. Sah ich auch gewöhnlich und arm genug aus in den Kniebundhosen, die Elsbeth mir besorgt hatte und welche ich allein für diesen Fall in der Sattelkammer deponiert hatte? Ich fuhr mir durch die kurzen Haare und war froh, dass sie vom kalten Wind ordentlich durchgepustet waren. Dann setzte ich mir die Leinenmütze auf, die ich mir des Morgens geistesgegenwärtig aus der Sattelkammer gegriffen hatte. Libelle schnaubte, ich ging zu ihr und band sie los.

»Komm, meine Gute, wir versuchen unser Glück.«

***

Nach der ersten Nacht im Stall der Bauernfamilie hörte ich des Morgens ein Gebrüll und Geheule.

»Du gehörst zum niedersten Gesinde, aber selbst das ist disziplinierter als du und scheut sich nicht vor der Arbeit!«, rief der Bauer.

Bevor ich aufstehen und schauen konnte, was passiert war, rannte die älteste Tochter der Familie zu mir in den Stall. Sie war tränenüberströmt und hielt sich die Wange. Im Vertrauen erzählte sie mir, sie sei nicht früh genug aufgestanden und habe kein Feuer gemacht. Die Mutter hatte sie daraufhin ausgescholten und der Vater sie aus der Tür geprügelt. Schnell wurde mir klar, ich sollte nicht lange hierbleiben, wenn mir mein Leben lieb war.

Denn wer garantierte mir, dass der Bauer nicht auch mich irgendwann herumstoßen oder gar misshandeln würde? Insbesondere, wenn er aus welchem Grund auch immer herausbekäme, dass ich eine Frau war! Schließlich schreckte er nicht einmal bei seinem eigen Fleisch und Blut vor Gewalt zurück. Ich tröstete das Mädchen, so gut es ging, packte sodann das Stückchen Brot, das ich am Vorabend von der Bauersfrau erhalten hatte, in mein Bündel und machte mich vor Sonnenaufgang wieder auf den Weg.

Unzählige kleine Orte durchquerte ich und konnte endlich im Frühsommer des Jahres 1683 in einer kleinen Siedlung ein winziges Kämmerlein mein Eigen nennen. Es lag direkt neben der Kirche, welche auch ein Waisenhaus betrieb, in dem junge Mädchen im Lesen, Schreiben und Rechnen unterrichtet wurden. In Vorbereitung auf das Arbeiten in einem Haushalt erhielten sie zudem Nähunterricht.

Die Heimleitung war auf der Suche nach einem jungen Burschen, einer Aushilfe, gewesen. Seitdem kümmerte ich mich um den Garten und die Hühner und erledigte kleinere Reparaturen. Ich scheute die Arbeit nicht, blieb aber wortkarg, wollte ich mich doch auf keinen Fall verraten.

Mehr als einmal dankte ich im Geiste den Stallburschen und Mägden, die mir trotz erheblicher Proteste auf Burg Sturmstein so viele Male erlaubt hatten, über ihre Schultern zu schauen und ihnen heimlich zur Hand zu gehen.

Jeden Tag erhielt ich eine warme Mahlzeit, die aus Suppe und Gemüse bestand, ferner ab und zu eine Scheibe Brot, einmal in der Woche ein kleines Stück Fleisch. Schnell gewöhnte ich mich an das bescheidene Leben. Ein kleines streunendes Hündchen war mir zugelaufen und es erinnerte mich sehr an die Mimi. Ob sie ihr Frauchen auch gut tröstete?

Kapitel Neun

Agatha

Im Sommer 1683, ein gutes halbes Jahr nach Ernestines Flucht, nahm mein Bruder die Gräfin Blanchefleur zur Ehefrau. Ich wurde Zeugin einer pompösen Zeremonie im Dom der nahe liegenden Stadt. Insgesamt fünf Tage sollten die darauf folgenden Feierlichkeiten andauern. Ein königliches Monogramm wurde der Öffentlichkeit präsentiert, in welchem die beiden Anfangsbuchstaben der Vornamen von Blanchefleur und Baldrich kunstvoll miteinander verwoben waren.

Ich freute mich für das junge Paar, doch unter all den Freudentränen, die die Verwandtschaft vergoss, fielen bei mir Tränen des Leids und der Trauer, vermisste ich Stinchen doch so sehr. Es gab ein ums andere Mal Gerüchte über ihren Verbleib, mehr war mir nicht vergönnt. Drei Boten hatte ich heimlich mit der Suche nach ihr betraut. Wenn sie für unseren Vater einen Auftrag anderorts auszuführen hatten, sollten sie nach meiner Liebsten Ausschau halten. Heimlich hatte ich zum Trost zwei Siegel mit ähnlichem Monogramm für mich und Ernestine erstellen lassen, in der Hoffnung, wir würden uns eines Tages wiedersehen. Eines davon wollte ich ihr in diesem Falle für unseren Briefwechsel schenken.

Für die Hochzeitsfeierlichkeiten hatte Papa sich in größte Unkosten gestürzt. Sie verschlangen eine Summe, die seinen Einkünften eines ganzen Jahres entsprach, und die Kosten lagen um ein Vielfaches höher als der Wert der Mitgift. Der Graf allein hätte nicht dafür aufkommen können.

Die Kirche war mit 1683 Kerzen erleuchtet, für jedes Jahr unserer Zeitrechnung eine. An jedem Tag der Feierlichkeiten gab es ein Festessen mit allerlei Köstlichkeiten, darunter auch Schwanenbraten. Mein Herr Vater bestand auf drei Schauessen, bei welchem nur unsere königliche Familie zu Tische saß. Mehrere Reihen von Schaulustigen aus dem gemeinen Volk standen um uns herum und sahen zu, wie wir die Speisen in die Hand nahmen und aus silbernen Becherchen den edelsten Wein tranken.

Zudem wurde ein Ballett im Freien aufgeführt, welches der König und die Königin gemessenen Schrittes zu der Musik einer Pavane einleiteten.

Der Kronprinz tanzte im zweiten Akt mit seiner Angetrauten einen Reigen und ich musste zugeben, dass die beiden ein wunderschönes Paar abgaben. Blanchefleur überraschte die Anwesenden mit einer Sarabande, zu welcher sie sich mit Kastagnetten begleitete, und mein Bruder verlor aufgrund ihres lieblichen Anblicks für einen Augenblick die Fassung. Allen Anwesenden liefen angesichts dieser Liebesbekundungen die Tränen über die Wangen.

Der letzte Abend endete mit einem großen Feuerwerk. Sogar das Volk war eingeladen, das Spektakel am Himmel anzuschauen, und die Erwachsenen bekamen Freibier. An alle Kinder wurden kandierte Früchte ausgeteilt und Almosen für die Ärmsten der Armen.

Die Festlichkeiten verliefen überaus harmonisch und alle bemühten sich, nett zueinander zu sein und äußerst taktvoll miteinander umzugehen. Ernestine wurde mit keinem Wort erwähnt.

Lediglich einige Unmutsbekundungen waren hier und da zu vernehmen, dass der Prinz unter seiner Würde geheiratet habe. Eine Fürstin hätte es mindestens sein sollen. Doch im Allgemeinen überwog die Freude.

Meine Hofdamen hatte ich angewiesen, unter den Feiernden im Volk nach Stinchen Ausschau zu halten. Ich hoffte so sehr, sie würde sich in Verkleidung unter die Leute mischen. Aber sie ward nicht gesehen.

Kapitel Zehn

Ernestine

Bei einem meiner seltenen Besuche in der nahen Stadt, wo ich mir neue Culottes und Kniebundhosen besorgte, vernahm ich die Neuigkeit, dass das Militär in den Dörfern und Siedlungen auf der Suche nach jungen Männern sei. Die ausgesandten Soldaten schreckten nicht einmal davor zurück, Burschen und Jünglinge aus den Gottesdiensten zu zerren oder in Häuser einzubrechen. Eine Schreckensnachricht!

Ich hatte mich so lange Zeit nach meinem Verschwinden in Sicherheit gewähnt. Niemand hinterfragte mein Auftreten, gab ich mir doch alle Mühe, mich wie ein Mann zu benehmen und möglichst wenig zu sprechen. Der Tabak, den ich mir ab und zu gönnte und den ich in der städtischen Apotheke als Medizin erworben hatte, ließ meine Stimme rauer klingen. Inzwischen hatte ich mich an die Männerkleidung gewöhnt und es war mir unvorstellbar, jemals wieder Ballkleider oder Roben jedweder Art zu tragen! Aber mit dem Wissen über die ausströmenden Truppen des Militärs wurde mir bange. Ich hätte ahnen sollen, dass ich nicht ewig unentdeckt bleiben und mein Versteckspiel irgendwann aufgedeckt werden würde.

Eines schönen Morgens, ich molk gerade die Ziegen im Stall, da hörte ich Hufgetrappel auf dem Hof des Armen- und Waisenhauses. Unangemeldeter Besuch war am Vormittag unüblich. Laute Stimmen drangen an meine Ohren.

»He, wo ist er?«

»Wir kriegen ihn schon!«

Ehe ich mich versah, stürmten Soldaten in den Stall und zwei griffen mir grob unter die Arme.

»Wusste ich doch, dass sich hier ein Bürschchen versteckt«, brüllte einer der beiden. »Noch so ein Deserteur! Wie kannst du es wagen, dich der Verteidigung des Vaterlandes zu entziehen?«

Sie zogen mich hinaus und warfen mich in den Innenhof. Erwartete ich, die anderen Angestellten des Waisenhauses oder ein paar der Kinder würden mir zur Hilfe eilen, so hatte ich mich getäuscht. Einige der Gehilfinnen standen mit den Rücken zu mir und hängten Wäsche auf, der alte Gärtner buddelte seelenruhig in seinen Beeten und ein Knecht mit Holzbein kehrte den Seitenweg zur Kirche. Gar niemand interessierte sich für mich und das mir drohende Schicksal!

***

Mehrere Tage wartete ich im Kerker auf meine Verurteilung, eingepfercht mit lauter anderen Männern, die als Deserteure gefangen genommen worden waren. Lebenslange Kerkerhaft würde ich nicht überstehen, da war mir eine Hinrichtung durch das Schwert schon lieber. Das Essen war verschimmelt oder so weich gekocht, dass seine Bestandteile nicht mehr erkennbar waren. Einen Abort wie auf Burg Sturmstein gab es nicht und der Gestank war unvorstellbar. Die Aufseher waren durchweg ungebildete Menschen, mit ihnen konnte ich kein Gespräch anfangen und mich erklären, geschweige denn den Besuch eines Juristen erbitten. Würde ich mich diesen einfachen Männern als Frau offenbaren, müsste ich fürchten, von ihnen oder meinen Mithäftlingen geschändet zu werden. Demzufolge blieb mir nichts anderes übrig, als andere Wege zu finden.

Endlich, eines Sonntags, suchte uns ein Priester auf, um den Gottesdienst mit uns abzuhalten. Ich bot mich an, als Ministrant die lateinischen Antworten auf die Rufe des Priesters zu beten, da die meisten der anderen Gefangenen der Sprache nicht mächtig waren. Ich konnte das Ende der Messe kaum erwarten. Im Anschluss daran bat ich ihn, meine Beichte ablegen zu dürfen. Ich gestand, kein Bursche, sondern eine Frau zu sein. Doch wie sollte er mir helfen? Er riet mir, die Verkleidung zunächst beizubehalten, und wollte sich mit einigen Kirchendienern beratschlagen, wie ich aus dieser schlimmen Lage befreit werden könne.

War ich als junges Mädchen nicht besonders gläubig gewesen und hatte mich früher, wo immer es ging, um den sonntäglichen Kirchbesuch gedrückt, so war ich nun besonders fromm und betete für ein schnelles Ende meiner Misere. Unter dem Vorwand, mir erneut die Beichte abzunehmen, suchte mich der Priester ein paar Tage später abermals auf. Dabei stellte er mir einige religiöse Fragen. Manche davon betrafen die Bücher des mir bekannten Frauenklosters. Doch war ich ob der widrigen Umstände im Kerker in so schlechter körperlicher Verfassung, dass ich darüber nicht stolperte. Auch kam es mir nicht in den Sinn, ihm von meiner adeligen Herkunft zu berichten.

Als der Tag der Gerichtsverhandlung gekommen war und ich in Ketten in den Saal geführt wurde, schien ich die Kontrolle über meine Augen verloren zu haben. Im Publikum saß ganz vorne in der ersten Reihe eine Ordensschwester, die meiner Agatha wie aus dem Gesicht geschnitten war.

Jetzt bin ich verrückt geworden!

Kapitel Elf

Agatha

Es war Ernestine von Vorteil, dass es eine Reiterpostverbindung aus dem ach so fernen Städtchen gab, dessen Bewohner so unlieb mit meiner Gefährtin umgegangen waren.

Das Schnauben eines Pferdes im hallenden Innenhof sowie Mimis Knurren und Bellen hatten mich am frühen Morgen aufgeweckt. Baldrich, der die Grenzen unseres Landes bereiste und sich mit Gesandten der auswärtigen Königreiche traf, hatte mir einen Eilboten geschickt.

»Möge Er nun sprechen, was gibt es so Wichtiges, dass mein werter Bruder, der Kronprinz, einen Boten entsendet?«, unterbrach ich den Mann, der unaufhörlich Begrüßungsfloskeln schwafelte.

»Der Kronprinz vermutet, die Gräfin Ernestine arbeite für ein Waisenhaus, Euer Hoheit, und sei nun gefangen genommen worden.«

Der Bote überreichte mir einen Brief meines Bruders. »Er bittet Euch, Euch schleunigst auf den Weg zu ihm zu machen. Ich habe die Stallburschen angewiesen, eine der Jagdkutschen für Euch herzurichten, damit Ihr unverzüglich aufbrechen könnt.«

Die Sätze waren eilig niedergeschrieben, zum Glück hatte ich oft mit meinem werten Bruder zusammengesessen und dessen Hausaufgaben überwacht. Seine krakelige Schrift war mir gut bekannt und es bereitete nicht sehr viel Mühe, sie zu entziffern.

***

Baldrich hatte Grund zur Annahme, dass es sich bei einem Deserteur, der im Stall eines Waisenhauses von Soldaten aufgegriffen und verhaftet worden sei, in Wahrheit um Ernestine handle. Der Beichtvater habe nach langem Hadern sein Schweigegelübde gebrochen und den Schwestern eines Nonnenkonvents in dem nahe gelegenen Kloster von der seltsamen, aber gebildet wirkenden Frau erzählt, die ihm von ihrem Schicksal berichtet habe.

Sie könne seiner Erzählung nach das Ave Maria und Pater Noster flüssig und fehlerlos aufsagen, ohne ein einziges Mal dabei zu stottern, und erwecke nicht den Eindruck, als sei sie in einem Armenhaushalt groß geworden.

Voller Aufregung, ohne mich um den Boten zu kümmern, las ich mir Baldrichs Zeilen laut vor:

»Ferner, wehrte Schwester, sey sie des Lesens und Schreibens mächtig und drücke sich sehr gewählt aus. Eine der Nonnen hatte den Priester darum gebeten, der Frau ein paar Fragen über bestimmte Buchwerke zu stellen. Aufgrund deren Antworten ist sie sich sicher, dass die erlauchte Ernestine dort im Kerker festsitze. Nur sie kann von einigen kostbaren Schriftstücken, die im Kloster verwahrt werden, wissen.«

Die Nonne wiederum habe laut Baldrich ihre Vermutung dem Fürsten von Unterwald kundgetan, da sie um seine Freundschaft zur Grafenfamilie wisse. Unverzüglich habe dieser meinen Bruder per Eilkurier informiert, denn in einer Woche solle den Militärgefangenen der Prozess gemacht werden. Mit klopfendem Herzen ließ ich das Schriftstück sinken.

»Guter Mann, Er bringt wahrlich gute Neuigkeiten, wenn denn die Vermutung stimmt.« Ich dankte dem Boten, bevor ich mich an meine Kammerzofe wandte.

»Ich werde mich sofort auf den Weg machen. Sie suche bitte das Nötigste in einer kleinen Tasche für mich zusammen und sende es mir per Kurier nach.«

Kapitel Zwölf

Ernestine

Immer wieder bat ich Agatha, mir die Ereignisse ab dem Zeitpunkt ihrer Reise in der Jagdkutsche zu schildern. Ich bekam nicht genug von der Geschichte, wie sie sich auf den Weg gemacht hatte, um mir aus meiner misslichen Lage zu helfen. Auch Blanchefleur und Agathas Schwestern hingen an ihren Lippen.

»Ich bin in der Stadtvilla des Fürsten von Unterwald untergekommen, so war es nur ein kurzer Weg zum Gericht«, berichtete Agatha aufs Neue. »Seine Idee war es auch, dass ich in Ordenstracht dort auftauchen solle, um nicht aufzufallen.«

»Ich war überrascht, als ich am Morgen des Verhandlungstages erfuhr, dass mir ein Anwalt zur Seite gestellt würde.« Ich schüttelte ungläubig den Kopf und vermochte mein Glück kaum zu fassen. Ab sofort durfte ich als Agathas Gesellschaftsdame am Hof leben.

Die kleine Mimi hüpfte auf und ab, das Tierchen war richtig närrisch nach mir. Sie verstand sich prächtig mit dem Hündchen, das von einem Jägersmann aufgespürt und mir überbracht worden war, einige Zeit, nachdem ich Agatha von dem kleinen Streuner berichtet hatte.

Wie groß war bei meinem Anblick die Wiedersehensfreude des Tieres gewesen! Rasch ließ ich ein paar Kekskrümel hinunterfallen und die beiden stürzten sich freudig kläffend darauf.

»Baldrich hatte den Advokaten unserer Familie beauftragt, Euch zu unterstützen und vor der Gefängnisstrafe oder Schlimmeren zu bewahren«, mischte sich Blanchefleur ins Gespräch ein. »Ich werde ihm dafür ewig dankbar sein.« Beruhigend streichelte sie sich über den Bauch, der bereits beachtliche Ausmaße angenommen hatte. Bald würde sie mich zur Tante machen. »Schwesterherz, sagt mir ... Ich hörte, Ihr habt inmitten der Verhandlung das Bewusstsein verloren?«

»Zu Ernestines Glück, das war ihr äußerst hilfreich.« Agatha lächelte mich an.

»Ich wusste, mit der Ordensfrau in der ersten Reihe stimmte etwas nicht. Sie kam mir bekannt vor, aber ich konnte sie zunächst nicht zuordnen.«

»Als sie mir schließlich in die Augen sah, wurde sie ohnmächtig ob der Realisation. Hab ich dich so sehr eingeschüchtert?«

»Das nicht. Allein die Militärrichter riefen bei mir Unwohlsein hervor, aber dann ... du ...«

»Ich machte mir Sorgen um deine Gesundheit, denn du wirktest in den Kleiderfetzen, die du am Leibe trugst, arg abgemagert. Gleichwohl war es doch von Vorteil, dass du dieses für dich so untypisch damenhafte Verhalten dort an den Tag legtest.«

Fragend sah Blanchefleur von Agatha zu mir und wieder zurück.

»Die Militärrichter kamen nicht umhin zuzugeben, dass der angebliche junge Bursche und Deserteur tatsächlich eine Frau war. Denn als Ernestine auf den kalten Boden hinabsank, schob sich ihr kaputtes Hemdchen nach oben und offenbarte eine ihrer Brüste. So konnten sie alle eigenen Auges sehen, dass der Herr Advokat mit seiner Behauptung, Ernestine sei eine Frau, nur die Wahrheit gesprochen hatte.«

Blanchefleur und Agathas Schwestern prusteten laut auf.

»Ein Raunen ging durch den Saal und alle Anwesenden brüllten durcheinander und der oberste Richter hatte Mühe, alle wieder zur Ruhe zu rufen.« Agatha seufzte. »Ich bin sofort zu Ernestine gelaufen und habe ihren Körper mit meinem Schleier bedeckt, um sie vor den Blicken der anderen zu schützen.«

»Als ich wieder bei Bewusstsein war, wurde das Urteil zu meinen Gunsten so schnell gesprochen, dass ich Agatha danach inständig bat, mich einige Male sehr heftig zu zwicken. Selten war ich derart erleichtert in meinem Leben wie an dem Tag.«

»Da Frauen in einem Krieg nichts zu suchen haben, ist Ernestine kein potenzieller Soldat. Somit gilt sie selbstredend auch nicht als Deserteur ...«

»... und die Militärrichter kamen einstimmig überein, mich aus der Gefangenschaft zu entlassen«, vollendete ich.

Blanchefleur wandte sich mir zu. »Nun erzählt uns, wie habt Ihr davon erfahren, dass mein liebster Baldrich mit seinem Werben um mich erfolgreich war?«

»Ich hörte in einer der Sonntagspredigten, dass das Königshaus die Verlobung Kronprinz Baldrichs mit Euch öffentlich gemacht hatte. Glaubt mir, ich war für Euch überglücklich«, beteuerte ich. »Zum ersten Mal seit meiner Flucht bedauerte ich zutiefst, so weit von Schloss Bergfels entfernt gewesen zu sein. Sonst hätte ich es gewagt, in meiner Verkleidung dem bunten Treiben zuzusehen und mich unter das Volk zu mischen, um einen

Blick auf Euch hübsches Paar werfen zu können.«

»Ich wünschte, mein werter Gemahl Baldrich hätte das Königspaar und unsere Eltern schneller davon überzeugen können, mich an Eurer statt zur Frau zu nehmen. Dann hättet Ihr Euch die Flucht und Agatha viel Leid um Euer Wohl ersparen können.« Blanchefleur klang vorwurfsvoll. »Was haben wir uns Sorgen gemacht!«

»Ja, es müsste eine Möglichkeit geben, Briefe und Nachrichten schneller auf den Weg zu bringen.«

»Fliegen wie die Vögel müssten wir können.«

»Oder einfach schnellere Pferde züchten.«

»Eine Kutsche, die durch irgendeine Vorrichtung den Pferden beim Ziehen hilft und ganz von selbst beschleunigt, wie von Geisterhand.« Aufgedreht redeten alle Schwestern durcheinander.

»Ich glaube, auch der schnellste Bote hätte Ernestine nicht von der Flucht abhalten können.« Weise Worte, die Agatha da sprach.

»Aber jetzt bin ich bei dir und gehe nicht mehr fort«, bekräftigte ich mit fester Stimme.

Kapitel Dreizehn

Dreißig Jahre später, im Jahre 1712

Ernestine

Die Kutsche wird immer langsamer und bleibt abrupt stehen. Der Page und der Kutscher tauschen sich aus, ich verstehe jedoch kein Wort. Ich beuge mich vor zur Klappe an der Front und schiebe sie beiseite.

»Wieso bleiben wir stehen?«

»Eines der Pferde lahmt. So können wir nicht weiterfahren. Wir benötigen ein Ersatzpferd. Ich schlage vor, dass ...«

Mit einem Hüsteln unterbricht der Page, den mein Bruder als Begleitung für mich ausgewählt hat, den Kutscher. »Gräfin, nicht unweit von hier ist das Chalet des Fürsten von Unterwald. Ich würde Euch tunlichst anraten, dort die Nacht zu verbringen. Morgen setzen wir dann nach einem guten Frühstück die Reise, so denn Gott will, mit einem frischen Kutschpferd fort.«

»Das wäre das Beste, ja«, bestätigt der Kutscher.

Soll ich wirklich eine weitere Nacht in Kauf nehmen? Geplant war, bis zur Dämmerung ein Dorf am Rande der Region Bergfels zu erreichen, dort zu übernachten und in der Früh dann die letzten drei Stunden zum Schloss zurückzulegen.

Aber was bleibt mir in der jetzigen Situation anderes übrig, als einzulenken? Zudem ist der Fürst von Unterwald ein sehr toleranter, mir wohlgesinnter Mensch. Sicher wird er mir sofort ein Nachtlager anbieten. Auch sein Pferdestall genießt einen hervorragenden Ruf. Die Stallknechte sind alle sehr ausgewiesene Kräfte, unsere Rösser wären dort gut versorgt.

Wie lange werde ich überhaupt noch für die verbliebene Strecke brauchen? Das Chalet liegt auf halber Strecke. Agatha hat einst erwähnt, von dort aus seien es gut vierzig Kilometer bis zu ihrem Schloss. Mit der Kutsche müssten wir freilich einen zusätzlichen Zwischenstopp einlegen, damit die Pferde sich erholen können.

Es sei denn ... Ein anderer Gedanke blitzt in mir auf, ich behalte ihn aber für mich und stimme den beiden zu.

»Also gut, ich nehme den Vorschlag an.«

***

Viel zu viel Zeit vergeht, bis mein Begleiter mit einem Ersatzpferd für die Kutsche vom Fürsten von Unterwald zurückkommt. Sofort erkenne ich, dass auch der Page das Pferd getauscht hat, es sieht frisch und kräftig aus. *Mit diesem Ross wäre der Weg zum Schloss im Nu zu bewältigen,* geht es mir durch den Kopf. Wenn ich Agatha noch lebendig sehen will, so muss ich jetzt handeln. Ich gehe zielstrebig auf den Pagen zu und greife nach den Zügeln.

»Bitte steige Er für einen Moment ab«, bitte ich ihn mit resoluter Stimme und klopfe dem Rappen auf den Hals. »Ich möchte mir das Pferd anschauen, ein sehr schönes Tier.« Ein wenig unsicher blickt der junge Mann zum Kutscher.

»Die Gräfin ist eine wahre Pferdekennerin, tu ihr den Gefallen. Ich benötige ohnehin etwas Zeit, das lahme Pferd auszuspannen und das herbeigeholte aufzuzäumen«, sagt der Kutscher und der Page gehorcht.

Ich weiß nicht, woher ich die Kraft nehme, aber ich raffe meine Röcke hoch, setze meinen Fuß in den Steigbügel und schwinge mich nach ein, zwei Hüpfern aufs Pferd. Fast ohne Zwicken im Knie und der Rücken hält auch still, wie ich zufrieden feststelle.

»Aber gnädige Frau, wie könnt Ihr nur ...«, setzt der Page an, doch für stundenlange Diskussionen ist keine Zeit mehr.

»Mir ist es gleich, ob es gefällt oder nicht. Ich mache mich auf den Weg«, entgegne ich. »Kutscher, kann Er mir sagen, wie ich am schnellsten zum Schloss komme?«

Er fügt sich und erklärt mir, welche Richtung ich einzuschlagen habe. Nach ein paar Kilometern könne ich eine Abkürzung reiten, die mit der Kutsche nicht zu befahren sei.

»Bitte sorgt dafür, dass das lahme Pferd beim Fürsten von Unterwald gut versorgt wird, und dankt ihm, dass er mir diesen schönen Rappen zur Verfügung stellt.« Mit dieser letzten Anweisung treibe ich das Tier an und würdige meine Begleiter keines Blickes mehr.

***

Nach stundenlangem Querfeldeinritt wird mein Pferd langsamer und urplötzlich bleibt es mit lautem Schnauben stehen. Ich setze ab und rede ihm gut zu, kann es zu ein paar weiteren Schritten ermutigen, doch es hat keine Kraft mehr. Ich muss mich wohl getäuscht haben, was die Ausdauer dieses Tieres betrifft. Verzweifelt werfe ich den Kopf in den Nacken. Nicht das noch! Hat sich denn alles gegen mich verschworen? Undenkbar, das arme Tier weiter zu quälen. Ich muss es hier seinem Schicksal überlassen und zu Fuß weiterziehen, und zwar schnell. Hoffentlich ist Agatha nicht schon von dieser Welt geschieden. Aber ein tiefes inneres Gefühl sagt mir, dass sie auf mich wartet. Wenn ich erst einmal die Ländereien des Schlosses erreiche, werde ich einen Knecht zu dem Tier schicken, damit es dem Fürsten von Unterwald zurückgebracht wird. Ich binde es an den nächstbesten Baum und eile des Weges.

Nach ein paar Metern habe ich genug von den sperrigen Röcken. Ich reiße sie bis unterhalb des Knies auf und knote die Enden zusammen, sodass sie nicht ständig in Büschen und Gestrüpp hängen bleiben. Bald sehe ich das Flüsschen, das zum Örtchen Bergfels gehört, und die mir so vertraute Weggabelung, von der ein Pfad zum Schloss hinaufführt. Ich habe es fast geschafft! Auch wenn ich sicher nicht mehr präsentabel aussehe. Ich schaue an mir herunter. Der einst edle Stoff meiner Schuhe ist zerfetzt und ich befreie meine Füße von den Tretern, die nichts mehr wert sind. Barfuß renne ich zum schweren Portal, wobei der Kies sich in meine Sohlen gräbt.

Kapitel Vierzehn

Agatha

Ich sollte dankbar sein, eine so treue Gesellin wie Ernestine an meiner Seite gehabt zu haben. Schafft sie es zu meinen Lebzeiten nicht mehr hierher, dann soll es gut gewesen sein. Und doch verzehrt sich mein nunmehr schwaches Herz so sehr nach ihr. Meine Schwester Benedicta behauptet, Ernestines und meine enge Beziehung zueinander sei der Grund für meine Erkrankung.

Denn Gott bestrafe die Bösen durch körperliche Leiden. Mehr noch, meine Krankheit sei ein heiliges Instrument, um mich zu züchtigen und auf den rechten Weg zu führen. Da ich aber nie und nimmer von Ernestine ablassen kann, ist keine Heilung in Sicht.

Ich verzeihe Stinchen die schnelle Abreise und will nicht im Streit von dieser Welt gehen. Später einmal wird sie wohl einsehen, wie unnötig unser Disput war.

Gerne will ich einlenken und ihr ein paar Zeilen hinterlassen. So gerne möchte ich ihr versichern, dass ich gut mit ihr bin und sie es auch mit mir sein soll.

Gleichwohl bin ich zu schwach, um noch irgendeine Silbe zu Papier zu bringen. Ich muss warten, bis Marie Sophie an meine Seite eilt, damit ich ihr die Zeilen diktieren kann. Sie ist die Einzige, der ich zutraue, meine Worte an Stinchen weiterzugeben.

Ich wünschte, ich hätte mir ein Miniaturporträt von Ernestines Bildnis anfertigen lassen. Jenes, auf welchem sie das brokatverzierte Kleid mit dem tiefen Dekolleté trägt. Dann hätte ich sie immer bei mir und könnte mich mit dem Schmuckstück an meinem Herzen begraben lassen.

Über mein Sinnieren ist mir entgangen, wie unser Leibarzt, Doktor Helande, das Zimmer betreten hat. Mit Marie Sophie und meiner Kammerzofe im Schlepptau. O nein, nicht schon wieder ein Aderlass. Und das bei Tage! Obwohl ich mehrfach beschieden habe, er solle nur bei Mondenschein geschehen. Ich weiß, es muss sein, aber ich bin danach immer so schwach. Tatsächlich fallen mir nach der Behandlung sofort die Augen zu, trotz aller Bemühungen, wach zu bleiben.

Ich denke unweigerlich an die Zeit zurück, als meine Ernestine auf der Flucht war und den Soldatenwerbern ins Netz gegangen ist …

Der Geruch von Haferbrei weckt mich, mit Lauch und Milch angereichert und aufgewärmt. Yolande preist ihn mir in den allerschönsten Tönen an, versucht mir die leichte Kost schmackhaft zu machen, und doch ist mir sofort übel.

»Nein, nicht. Nicht den Brei«, stammle ich ganz erschöpft. Yolande hält mir einen weiteren Teller unter die Nase, doch der Appetit fehlt mir, ich habe keinen Hunger. Selbst die Feigen in Mandelmilch, die sie mir anbietet, reizen mich nicht. »Ich möchte nichts mehr essen.«

»Sht!« Meine Kammerzofe tupft mir mit einem nassen Tuch die Lippen ab. Ach, wäre es doch Ernestine! Wo bleibt sie nur?

***

Auf einmal sind Stimmengewirr und ein Tumult draußen auf den Fluren zu vernehmen. Die Tür wird aufgerissen. Meine Zofe ruft: »Seht Ihr nicht, dass Eure Füße bluten? Und wie schaut Ihr überhaupt aus? So könnt Ihr nicht zu meiner Herrin hinein!« Auch der Leibmedicus protestiert aufs Heftigste: »Ihr dürft auf keinen Fall stören, die Prinzessin benötigt äußerste Ruhe!«

Mein Körper ist zu schwach, um mich aufzurichten, aber ich weiß sowieso, dass bloß eine es wagt, mich in einem solchen Zustand aufzusuchen. Das kann nur sie sein, meine Ernestine!

»Stinchen?«, flüstere ich und schon rieche ich ihr Parfum an meiner Seite, spüre ihre Umarmung. Ein ganzes Meer an Tränen der Erleichterung läuft mir über die Wangen und ich schäme mich ihrer ganz und gar nicht.

»Agatha, bitte verzeih mir, dass ich dich verlassen habe. So eine dumme Unstimmigkeit.«

»Es war meine Schuld«, antworte ich ihr. Oder denke ich das bloß? Der Disput über unsere Briefe, die auf meinen Wunsch hin verbrannt werden sollten, und ihr Aufbegehren deshalb ... Ich hätte nicht so hart zu ihr sein sollen! Doch jetzt ist sie hier, zurückgekehrt.

»Ich werde für immer an deiner Seite bleiben.« Sie wischt mir die Tränen aus dem Gesicht und mir schießt ein Gedanke durch den Kopf.

»Yolande? Das ...«

»... Geschenk!«, ergänzt diese, und wieder einmal überrascht sie mich mit ihrer schnellen Auffassungsgabe.

Manchmal erscheint es mir, als könne sie meine Gedanken lesen, auch wenn sie einzig und allein eine Kammerzofe ist. Sie reicht meiner treuen Freundin ein mit Perlmutt verziertes Holzschächtelchen. Jetzt ist der richtige Zeitpunkt gekommen, es Ernestine zu hinterlassen – in all unseren gemeinsamen Jahren hatte ich nicht den richtigen Augenblick gefunden, es ihr zu schenken. Als nun Stinchen das aus meinen Haarlocken geflochtene Armband in der Hand hält, fängt sie an zu weinen. Schnell beruhigt sie sich aber und haucht mir vor lauter Dankbarkeit einen Kuss auf die Stirn.

Kurz darauf ist ein Rascheln zu hören. Meine Sicht ist getrübt, aber ich vernehme deutlich Yolandes Worte: »Wartet, Gräfin, hier ist die Öffnung. Schaut, wie schön es sich an Eurem Handgelenk macht.«

»Agatha!«, spricht Stinchen nach einem Augenblick der Stille zu mir. »Was habe ich von den Dienstboten vernommen, kaum habe ich Schloss Bergfels betreten? Du verweigerst dich der Nahrung? Du musst eine Kleinigkeit zu dir nehmen, um zu Kräften zu kommen. Dann kannst du in einigen Wochen am Sommerball teilnehmen und dich mit mir an den Tänzen erfreuen.«

Ernestines kindliche Begeisterung bringt mich zum Lächeln. Ich werde gewiss keinen Schritt mehr im Ballsaal tanzen, und das weiß sie im Grunde ebenso.

Sollte ich um einen Mandolinenspieler bitten? Ein wenig Musik hebt vielleicht meine triste Laune. Ich erinnere mich an das kleine Konzert mit dem Hennen- und Hahnengeschrei, das ich einst veranstaltet und das Stinchen so sehr gefallen hat. Kurz lache ich auf, bekomme jedoch kaum Luft und es muss sich wie ein Krächzen anhören.

Es dauert eine Weile, bis ich wieder vernünftig ein- und ausatmen kann. Ich drifte in süße Träume ab und mit einem Mal wirble ich aufs Neue mit Ernestine über das Parkett, fange plötzlich an zu schweben ...

Epilog

Im Jahre 1722

Ernestine

Es bereitet mir immer noch Höllenschmerzen in der Brust, wenn ich das so kostbare Armband anlege, geflochten aus Agathas Haarsträhne als Zeichen ihrer Treue und Liebe. Vor zehn Jahren ist sie von mir gegangen und hat mir das Schmuckstück hinterlassen. Hinzu kommen dank ihrer Fürsorge eine Münzsammlung sowie insgesamt drei Goldstücke, die ich im Laufe unserer gemeinsamen Zeit voller inniger Liebe und Verbundenheit von ihr erhalten habe.

Mir widerstrebt es, unsere Korrespondenz, ihre Briefe an mich, später einmal zu vernichten. Sie trösten mich in vielen schweren und einsamen Stunden. Sofort kommt mir unsere Meinungsverschiedenheit darüber in den Sinn. Yolande hat mir nach Agathas Tod in Marie Sophies Beisein mit geheimnisvoller

Miene einige sorgfältig verschnürte Päckchen mit unseren Schriftwechseln überreicht.

Es war Agathas letzter Wille, zumindest doch einen Teil unseres Briefwechsels an einem sicheren Ort zu bewahren. Ein paar der Briefe werde ich, ebenso wie die Siegel mit unserem Monogramm, im Archiv des Schlosses und der Burg hinterlegen. Einen ganz speziellen habe ich in den Mauern versteckt.

Ob die Kindeskinder meiner Geschwister das Schriftstück eines Tages entdecken und die Zeilen lesen werden? Hoffentlich bleibt es den zukünftigen Generationen erspart, sich vorschreiben zu lassen, wen sie zu heiraten haben. Ich wünsche ihnen, dass sie in Freiheit ganz unbeschwert, ganz ohne Zwang leben und für ihr Wohlergehen selbst aufkommen dürfen.

Agatha fehlt mir. Es wäre mir ein Vergnügen, ihr zu berichten, was sich vor zwei Jahren zugetragen haben soll: Angeblich musste sich eine Frau in Männerkleidern wegen Unzucht mit einem Weibe vor Gericht verantworten.

Unglaublich, Agatha und ich waren nicht die einzigen Frauen, die das Bett geteilt haben und sich kein Leben ohneeinander vorstellen konnten!

Nur waren die beiden Damen aus einfachsten Kreisen so freizügig, dass das Schicksal ihnen nicht so hold war wie uns. Eine von ihnen ist sogar zum Tode verurteilt worden und die andere bis an ihr Lebensende ins Zuchthaus gesperrt worden. Meine liebste Agatha war äußerst klug und hatte gut daran getan, mich als ihre Gesellschaftsdame einzustellen.

Lautes Kinderlachen und Hundegebell reißen mich aus meiner Trauer. Meine Nichten und Neffen kommen angelaufen, gefolgt von einem Spaniel, der Mimi, Gott hab sie selig, sehr ähnelt.

»Großtante Ernestine, kommt heraus in den Garten und spielt mit uns!«

Ich verstaue das Armband wieder sicher im Perlmutt-Schächtelchen und schließe mich unverzüglich Blanchefleurs und Baldrichs Kindeskindern an.

Danksagung

Einen historischen Roman zu schreiben, der um das 17. Jahrhundert herum spielt, ist kein einfaches Unterfangen. Obwohl es sich hierbei um eine fiktive Geschichte handelt, wollte ich die Vorkommnisse doch so real wie möglich darstellen!

Mein ganz herzlicher Dank gilt deshalb all meinen Erstleserinnen – meiner Frau Petra sowie Uschi, Sandra W. und Stefanie – und meiner Lektorin Senta Herrmann. Eure An- und Bemerkungen, Hinweise auf Unstimmigkeiten, Korrekturen sowie kritisches Hinterfragen, insbesondere auch zu historischen Gegebenheiten, waren überaus hilfreich und ich bin wieder einmal erstaunt, wie aus vagen anfänglichen Ideen diese in sich schlüssige Novelle entstanden ist!

Liebe Leser:innen,

wenn Ihr mehr über die späteren Bewohner von Schloss Bergfels lesen oder erfahren möchtet, wie der von Gräfin Ernestine versteckte Liebesbrief Jahrhunderte später zum Vorschein kommt, dann empfehle ich Euch die Geschichten *Weihnachten im Schloss* und *Rendezvous mit einer Burgruine*.

Falls Euch *Eine treue Gesellin mir zur Seite* gefallen hat, würde ich mich über eine Rezension auf einem der gängigen Portale, sei sie auch noch so kurz, sehr freuen.

Ebenfalls von Claudia Haase erschienen:

Walnussplätzchen unterm Weihnachtsbaum
Booklet, ISBN-13: 9783751995269
E-Book: ISBN-13: 9783752632729

Athena und Murina
Booklet, ISBN-13: 9783752605129
E-Book: ISBN-13: 9783752697162

Weihnachten im Schloss
Paperback, ISBN-13: 9783754346938
E-Book: ISBN-13: 9783755703143

Rendezvous mit einer Burgruine
Paperback: ISBN-13: 9783756839650
E-Book: ISBN-13: 9783756880690

In englischer Übersetzung erschienen:

What's Christmas Without Walnut Cookies?
Paperback: ISBN-13: 9783756844487
E-Book: ISBN-13: 9783756870721

Christmas at Bergfels Palace
Paperback: ISBN-13: 9783757829438
E-Book: ISBN-13: 9783758386732

A Date with Castle Ruins
Paperback: ISBN-13: 9783757887940
E-Book: ISBN-13: 9783758380860